JEAN THOMPSON

BRUDER DER WÖLFE

Deutsch von Ulla Neckenauer

Einband und Illustrationen
von Steve Marchesi

CECILIE DRESSLER VERLAG
HAMBURG

Die amerikanische Originalausgabe erschien unter dem
Titel *Brother of the Wolves* bei William Morrow and
Company, New York.
Gesamtherstellung: Ebner Ulm
Printed in Germany 1980
ISBN 3 7915 2041 5

Für Richard

1

Der Berg wirkte stark und massiv - so fest aus Fels und Erde zusammengefügt, daß es unvorstellbar schien, irgendein Teil dieses Berges könne sich jemals bewegen. Aber das war nur eine Illusion. In Wirklichkeit war der Berg weich und haltlos, geschwächt von Wasserläufen, die unentwegt nagend wie kleine silbrige Mäuse die Grundfesten anknabberten.
Ein Indianer und eine Indianerin bewegten sich langsam unter der hohen Bergwand. Sie ritten auf ihren Pferden einen

engen Wildpfad entlang. Der Mann ritt voran, und die Frau folgte ihm. Ein Säugling auf einem Wiegenbrett hing am Sattelknauf des Pferdes, auf dem die Frau saß.
Die warme Frühlingssonne schien auf die frischen, hellen Blätter und Gräser. Es war sehr still. Nur ein kleiner Vogel machte ein schwaches, dünnes Geräusch irgendwo in den Bäumen.
Plötzlich erklang ein tiefes Mahlen. Der Berg rührte sich, und es war, als ob er stöhnte. Tonnen von Fels und Erde brachen von den Hängen. Donnernd und krachend tosten die Massen auf die Reisenden herab. Bevor die beiden Zeit hatten, mehr zu tun, als ihre Köpfe zu heben und nach oben zu schauen, waren sie verschwunden. Die Pferde waren ebenfalls verschwunden - verloren und begraben im wilden Herabbrausen der Lawine.
Die Felsbrocken hüpften und zerbarsten auf ihrem Sturz vom Berg. Die dunkle, zerstörerische Erde quoll über, riß Bäume und Sträucher aus und trug sie mit sich fort. Das Rollen brach ab. Der Berg stand wieder still.
Es war sehr ruhig, als hätte es diesen schrecklichen Donner nie gegeben. Ein kleiner, schwacher Laut war noch zu hören, aber es war kein Vogel. Es war der Säugling. Er lag oben auf einem Erdhaufen und weinte. Er war ganz allein.
Nur er war übrig, doch das wußte er nicht. Er wußte nur, daß er Angst hatte; daß etwas Seltsames und Lautes und Plötzliches geschehen war; daß irgend etwas ganz und gar nicht stimmte.
Er lag auf dem Rücken und weinte lange. Keiner kam und half ihm. Das machte ihn böse, und er weinte noch lauter, bis er

müde war. Sein Weinen verwandelte sich in schwache Schluckauflaute, und dann schlief er ein.

Als er aufwachte, hatte er vergessen, was geschehen war. Die Sonne schien auf ihn herab, es war warm, und er fühlte sich wohl. Die Verschnürung des Wiegenbretts war durch die Lawine halb abgerissen worden. Der Säugling wedelte mit den Armen, fuchtelte mit den Beinchen in der Luft und gab glückliche, kleine Gluckser von sich.

Eine Wölfin kam unter den Bäumen hervor und ging über die Felsen. Ihr graues Fell hatte kremfarbene Haarspitzen, ihr Schwanz war ein kremfarbener Busch, und sie hatte goldene Augen. Sie stieg vorsichtig über die neuen, nackten Felsen. Am Morgen, als sie den Wildpfad hinab auf die Jagd gegangen war, waren sie noch nicht dagewesen.

Der Wind trug den Geruch des Säuglings von ihr fort, so daß sie ihn hörte, bevor sie ihn roch. Sie hielt an und legte die Ohren nach vorn. Sie sah die kleinen Arme und Beine in der Luft herumfuchteln, und neugierig ging sie darauf zu.

Er war sehr klein. Sie schnupperte an ihm und merkte an seinem Milchgeruch, daß es ein Säugling war. Sie winselte und leckte sein Gesicht. Auch sie fühlte sich einsam und traurig. Sie hatte vier Junge zur Welt gebracht, doch drei waren gestorben. Mit dem einen übriggebliebenen war der Bau sehr leer.

Der Säugling war glücklich, daß jemand kam und nach ihm schaute. Er griff mit einer winzigen Faust in den dichten Pelz der Wölfin und stieß einen schwachen Schrei aus, der wie das Bellen eines kleinen Hundes klang.

Die Wölfin leckte ihn noch einmal ab und drehte ihn mit der

Nase um. Sie packte die Häute, in die er eingewickelt war, mit den Zähnen und hob ihn hoch. Sie trug ihn so, wie eine Katzenmutter ihre Jungen trägt. Mit hocherhobenem Kopf ging sie über die herabgefallenen Erdmassen und trat zwischen die Bäume.

Der Säugling weinte nicht. Mit halbgeschlossenen Augen und nackten, herabbaumelnden Füßen hing er schlaff und still zwischen ihren Zähnen. Es war ein weiter Weg bis zum Wolfsbau, und der Säugling war schwer. Die Wölfin legte ihn mehrmals ab, um sich auszuruhen. Während sie sich ausruhte, wusch sie ihn mit ihrer Zunge und leckte die Erde ab, die seine Haut bedeckte. Dem Säugling gefiel das, und er strampelte und gluckste.

Der Wolf kam ihnen entgegen, als sie vor dem Bau anlangten. Er war größer als die Wölfin, und sein Fell war von einem dunkleren Grau. Die Wölfin legte den Säugling zu seinen Füßen nieder, und der Wolf beschnupperte ihn sorgfältig. Er wedelte mit dem Schwanz. Die Wölfin hob den Säugling auf und trug ihn in den Bau.

Sie legte ihn sanft neben ihr Wolfsjunges und streckte sich daneben aus. Das Wolfsjunge krabbelte sofort zu ihr und begann zu saugen. Sie stupste das Menschenjunge mit der Nase näher zu sich her. Ihr Körper war warm und weich, und der Säugling war hungrig. Er öffnete den Mund und trank ebenfalls.

Die Wölfe versorgten ihn den ganzen Sommer über. Er trank Wolfsmilch, und später bekam er kleine Stückchen zartes Fleisch, das er kauen konnte. Die Wolfsmutter und der Wolfsvater wuschen ihn und schliefen nachts nahe bei ihm, um ihn

zu wärmen. Er und seine Wolfsschwester rauften und purzelten miteinander auf dem Boden des Baus herum.
An schönen Tagen nahmen die Wölfe sie in die Sonne hinaus zum Spielen. Die Wolfsmutter lag ruhig im Gras, während die beiden Kleinen sich balgten und auf ihr herumkrabbelten. Wenn die Kleinen zu grob wurden oder wenn die Wolfsmutter müde wurde, dann trottete sie zu einem kleinen Hügel und legte sich dort allein nieder. Dann hüpften und purzelten die beiden Kleinen mit glücklichen, schrillen Schreien auf dem Wolfsvater herum. Es waren gute Eltern, und die Kleinen waren glücklich.

Der lange, warme Sommer ging vorbei. Die grünen Blätter wurden braun und golden. Die Tage waren immer noch sonnig, aber die Nächte wurden kühl.
Ein Indianer namens Schattenfuchs lag in den Büschen gegenüber vor dem Wolfsbau. Er lag vollkommen regungslos, und seine Lederkleidung verschmolz mit dem Wald, der ihn umgab. Der Wind blies vom Wolfsbau zu ihm herüber, und er wußte, daß die Wölfe ihn nicht wittern konnten.
Er konnte den Wolfsvater sehen, der auf dem Hügel neben dem Bau lag.
Endlich kam die Wolfsmutter mit einem Wolfsjungen heraus. Die drei Wölfe trotteten zusammen weg. Schattenfuchs wußte, daß die Eltern dem Kleinen Unterricht im Jagen geben wollten und daß der Weg für ihn frei war.
Schattenfuchs stand auf und ging zum Eingang des Baus. Der Bau war einmal eine kleine Höhle in dem felsigen Hang gewe-

sen. Die Wölfe hatten sie nach hinten erweitert, damit sie mehr Schutz bot.

Schattenfuchs ließ sich auf die Knie fallen und kroch hinein. Er war der Medizinmann seines Sioux-Dorfes, und er war zum Wolfsbau gekommen, um hier Dinge zu suchen, die halfen, ihm Macht zu geben. Er brauchte bestimmte Gegenstände - Haarbüschel, Knochen und Zähne - für seine Medizin. Der Gang war eng, und er zwängte sich auf Händen und Knien um die Biegung. Drinnen war es dunkel, und er konnte kaum etwas sehen.

Plötzlich hörte er ein seltsames Geräusch von vorn, und er merkte, daß er nicht allein im Wolfsbau war. Sein Herz machte einen Satz. Er riß sein langes Jagdmesser aus dem Gürtel und wandte die Spitze in die Richtung, aus der das Geräusch gekommen war. Doch nichts geschah. Langsam schob er sich vorwärts. Ein wenig Licht fiel herein, und seine Augen stellten sich auf das Halbdunkel ein.

Schattenfuchs sah einen kleinen Jungen, der auf allen vieren an der Höhlenwand kauerte. Er war nackt, schmutzig und dünn, und er zitterte vor Angst oder vor Kälte. Seine Lippen waren zurückgezogen, und man sah seine Milchzähne. Er knurrte.

Schattenfuchs saß ganz ruhig. Er war überrascht, aber nicht *so* überrascht, wie manch anderer es gewesen wäre. Als Medizinmann wußte er, daß seltsame Dinge geschahen. Es war ihm klar, daß die Wölfe den Säugling irgendwie gefunden, ihn angenommen und ihn am Leben gehalten hatten.

Er wußte auch, daß der Säugling den Winter nicht überleben würde. Die Wolfsmutter würde keine Milch mehr haben, und

er konnte nicht nur von rohem Fleisch leben. Bald würde es kalt werden, und ohne Pelz würde er erfrieren. Das Wild würde knapp werden, und die Wölfe würden auf ihre Nahrungssuche immer weiter und weiter ziehen müssen. Der kleine Junge konnte nicht mit den anderen rennen, und er konnte auch nicht allein im Bau bleiben.

Schattenfuchs suchte den Fußboden ab und hob die Dinge auf, um derentwillen er hierhergekommen war. Er steckte sie in den Beutel, in dem er seine Zaubergegenstände aufbewahrte, und band ihn an den Gürtel. Der Säugling beobachtete ihn. Ab und zu knurrte er.

Als Schattenfuchs die Dinge eingesammelt hatte, die er brauchte, hob er den Säugling hoch. Der knurrte und kläffte, strampelte, kämpfte wie wild und versuchte, ihn zu beißen. Schattenfuchs klemmte ihn fest unter den Arm und nahm ihn mit in sein Dorf.

Seine Leute lebten in einem geschützten Tal; es gab Wild in der Nähe und gute Weideplätze für ihre Pferde. Ihr Wasser kam aus funkelnden Bächen, und die Bäume in der Umgebung lieferten ihnen Holz für ihr Feuer. Um sie herum erstreckten sich wellig die Langgras-Ebenen, wo viele Elche und die gewaltigen braunen Büffel lebten. Die fruchtbare Zentralprärie lieferte ihnen weitere Nahrung - Beeren, Nüsse, wilde Kirschen und die vielseitige Prärierübe. Sie lebten in einer guten Zeit.

Schattenfuchs hatte keine Frau. Er war zweimal verheiratet gewesen, und beide Frauen waren gestorben. Jetzt lebte er mit seiner Tante, der jüngsten Schwester seiner Mutter, deren Ehemann ebenfalls gestorben war. Sie kochte seine Mahlzei-

ten, nähte seine Kleider und kümmerte sich um sein Tipi*. Sie hieß Taube, und sie war rund und fett.
Er übergab ihr den Säugling und erzählte, daß er ihn im Wolfsbau gefunden hatte.
»Er riecht schlecht«, sagte Tante Taube. »Er muß gebadet werden.« Sie wusch ihn, fütterte ihn und wickelte ihn auf ein warmes Wiegenbrett aus Häuten. Jetzt sah er aus wie jeder andere Säugling, nur knurrte er immer noch und versuchte zu beißen, wenn ihm jemand nahe kam.
In der Nacht hörte Schattenfuchs Wölfe heulen. Er trat vor sein Tipi und lauschte in die Dunkelheit. Die Wölfe befanden sich auf dem Hügel über dem Lager. Schattenfuchs wußte, daß es die Wolfsfamilie des Säuglings war. Die Wölfe waren zum Bau zurückgekehrt und hatten festgestellt, daß der Kleine verschwunden war. So waren sie der Fährte von Schattenfuchs gefolgt, und jetzt riefen sie nach dem Kind.
Schattenfuchs ging zurück in sein Tipi. Die Wölfe heulten immer noch, aber der Kleine schlief fest und hörte sie nicht.
Am Morgen kehrten die Wölfe zurück. Der kleine Junge saß am Boden und beobachtete wachsam Schattenfuchs und zwei andere Männer. Sie hatten von dem Kleinen gehört, der im Wolfsbau gefunden worden war, und sie waren gekommen, um dieses merkwürdige Lebewesen mit eigenen Augen zu sehen.
Als der Kleine die Wölfe hörte, warf er den Kopf zurück und heulte ebenfalls. Die Krieger wechselten Blicke und schüttelten erstaunt den Kopf.

---

*Tipi = Indianerzelt, bestehend aus einem Dreibeingestell und einem Überzug aus Büffelleder.

»Er ist überhaupt kein Menschenjunge«, sagte der eine zum anderen, »er ist ein Wolfjunges in Menschenhaut.«
Der Kleine versuchte, nach draußen zu kriechen, aber Schattenfuchs hielt ihn zurück. Zuerst biß und knurrte der Kleine wie zuvor, aber dann begann er vor Zorn und vor Enttäuschung zu weinen. Es war das erste Mal, daß er weinte, seit Schattenfuchs ihn gefunden hatte.
Der Medizinmann lächelte, während er das rote und zornige kleine Gesicht anschaute. Er legte sanft die Hand auf den Kopf des Kleinen. »Nun, kleiner Wolfsbruder, du bist also doch ein Mensch.«
Die beiden anderen Männer tauschten wieder Blicke. In ihren Augen lagen Zweifel und Argwohn.
»Sei nicht zu sicher«, sagte einer von ihnen. »Er ist ganz gewiß kein normales Kind. Vielleicht ist er überhaupt kein Kind, sondern etwas anderes ... vielleicht ist er ein böser Geist, der Unglück bringt.«
»Wir haben auch schon andere Kinder adoptiert«, sagte Schattenfuchs. »Erinnert ihr euch an Hoher Adler? Kein Krieger war mutiger und treuer als er. Und von Geburt war er ein Crow – und das waren schon immer unsere Feinde.«
»Er wurde als Mensch geboren«, sagte ein alter Mann. »Kannst du das von diesem Wolfskind auch sagen?« Schattenfuchs hörte nicht.

Das Lager wurde im Sommer und im Herbst alle paar Tage verlegt. Die Wölfe folgten bellend und rufend von einem Platz zum anderen, und Wolfsbruder antwortete ihnen.

Die Dorfbewohner standen vor ihren Tipis, hörten zu und unterhielten sich.
»Die Wölfe wollen ihn wiederhaben.«
»Die Geister werden böse sein, wenn er nicht zurückgebracht wird.«
»Es ist nicht normal, daß Wölfe einen Menschenjungen gebären.«
»Schattenfuchs sagt, es ist ein Menschenkind, das durch einen seltsamen Zufall zu den Wölfen geriet. Es wird sterben, wenn man es zum Bau zurückbringt.«
»Besser es stirbt, als daß es uns Schaden zufügt.«
»Schattenfuchs ist weise. Er würde nichts tun, was uns schaden könnte.«
»Selbst ein weiser Mann kann von bösen Geistern geblendet werden.«
Schwarzer Hirsch, der Häuptling, sprach: »Es ist wahr, daß dieses Kind ein seltsames Kind ist. Aber warum müssen wir denn annehmen, es sei böse? Vielleicht haben es uns die Geister als besonderes Zeichen ihrer Gunst gesandt. Nicht jede Gruppe hat ein Kind, das mit den Wölfen sprechen kann. Vielleicht wird der Junge ein großer Medizinmann oder ein großer Krieger, der uns allen Ehre bringt. Wir dürfen nichts überstürzen. Laßt uns abwarten.«
Die anderen nickten zustimmend. Sie würden abwarten.

2

Die Tage wurden kälter, und die Gruppe errichtete ihr Winterlager. Hier würde man bis zum Frühling bleiben. Das Wild wurde knapp, und die Wölfe verbrachten mehr Zeit auf der Jagd. Bald kamen sie nicht mehr zum Dorf.

Zusammen mit den anderen Frauen arbeitete Tante Taube hart. Die Nahrungsvorräte waren fast alle eingebracht, die Zelte aus Büffelhäuten gefüllt mit getrocknetem Fleisch und getrockneten Früchten, mit Kräutern und mit Wurzeln. Doch

es gab immer noch viel zu tun. Die Frauen sammelten Holz, schleppten Wasser, schürten die Feuer und beaufsichtigten die Kinder.
Tante Taube war eine geschickte Näherin, deren Stiche kleiner waren, als die jeder anderen Frau. Sie machte wunderschöne Mokassins, Leggings* und Hemden und verzierte sie mit Fransen und mit Mustern aus Muschelschalen, Perlen und Stachelscheinborsten.
Viele Geschichten wurden erzählt. Die Männer versammelten sich, um von der Jagd, von Zauberei und von Kämpfen mit anderen Stämmen zu erzählen. Die Frauen redeten, während sie arbeiteten, erzählten Träume und alte Legenden, sangen Lieder und klatschten über die Dinge, die sich im Dorf ereignet hatten.
Tante Taube nahm Wolfsbruder überall mit hin. Jetzt knurrte er nicht mehr. Er lächelte statt dessen, und er lernte immer mehr Wörter in der Menschensprache. Weil Tante Taube ihn genauso gut ernährte wie sich selbst, wurde er bald rund und fett.
Der Winter ging rasch vorbei, und der Frühling war wieder da. Der Schnee schmolz, und das neue grüne Gras begann zu wachsen. Kleine flaumige Blätter sprossen auf den Bäumen, und ein paar winzige leuchtende Blumen öffneten sich in der Sonne.

---

*Leggings = Strumpfartige Hosen aus Bisonleder oder Hirschleder, die wie Röhren die Beine ganz bedeckten und an ihren oberen Enden Gürtel- oder Riemenschlaufen besaßen, so daß sie um die Hüfte mit einem Gürtel befestigt werden konnten. Leggings erhielten als oberen Abschluß noch einen Lendenschurz, dessen Lappen vorne und hinten herunterhingen.

Die Dorfbewohner hatten sich an Wolfsbruder gewöhnt. Inzwischen war er ein kleiner Junge wie alle anderen, und er kam ihnen nicht mehr so seltsam vor. Er spielte, aß, schlief und plapperte in der Kindersprache wie jedes andere kleine Kind. Er schien ganz und gar nichts Besonderes zu sein. Nur ab und zu murrten ein paar Leute, daß er in ihrer Gruppe nichts verloren habe.

Sie zogen zu einem neuen Lager. Wolfsbruder spielte vor dem Tipi in der warmen Sonne. Plötzlich heulte vom Hügelkamm über dem Lager ein Wolf.
Wolfsbruder sprang auf und wandte sein Gesicht in die Richtung, aus der das Geräusch gekommen war. Der Wolf rief noch einmal, und der Junge rannte durchs Dorf, so schnell ihn seine dicken, kleinen Beine trugen. Er war über den Winter sehr gewachsen und konnte jetzt laufen.
Schattenfuchs hatte in der Sonne gelegen. Jetzt sprang er auch auf und rannte dem Kind nach. Er hob es hoch. Wolfsbruder zappelte und brüllte. Er wollte abgesetzt werden. Schattenfuchs dachte: Die Wölfe waren seine Familie. Sie haben ihn am Leben gehalten, haben ihn gewärmt und gefüttert. Ohne sie wäre er gestorben. Natürlich wollen sie sich wiedersehen.
Er trug Wolfsbruder durchs Dorf und ein Stück den Hügel hinauf. Er konnte die Wölfe auf dem Kamm über sich sehen: Wolfsmutter, Wolfsvater und Wolfsschwester, die jetzt fast ausgewachsen war.
Schattenfuchs ließ Wolfsbruder herunter, und der Kleine

stieg auf den Hügel. Er war steil für die kurzen Beine. Wolfsbruder schaute kein einziges Mal zurück, sondern kämpfte sich mutig vorwärts, den Blick auf die Wölfe über sich gerichtet. Winselnd und schwanzwedelnd liefen die Wölfe auf und ab. Wolfsschwester machte einen kleinen Satz und bellte vor Aufregung. Schließlich konnte sie sich nicht mehr beherrschen und rannte den Hügel hinunter auf ihn zu. Die Eltern folgten, und auf einer kleinen flachen Stelle unter dem Hügelkamm trafen sie zusammen. Sie berührten sich gegenseitig an der Nase, die Wölfe wedelten noch stärker mit dem Schwanz, und Wolfsbruder umarmte sie alle. Sie versuchten, sich gegenseitig alles zu erzählen, was im Winter geschehen war. Wolfsbruder erzählte ihnen, wieviel er zu essen bekam, wie warm er es die ganze Zeit gehabt hatte und daß Schattenfuchs und Tante Taube sehr gut zu ihm waren.
Die Wölfe erzählten ihm von ihren Jagdzügen. Sie erzählten ihm von einem schlimmen Sturm hoch in den Bergen, bei dem sie sich drei Tage lang im Schnee vergraben mußten, bevor sie sich wieder auf den Weg machen konnten. Wolfsschwester erzählte, wie sie zu Beginn des Frühlings im Eis eingebrochen war und fast ertrunken wäre, wie sehr sie gefroren und wie elend sie sich gefühlt hatte, bis sie wieder trocken gewesen war.
Wolfsbruder war zu klein, um alles zu verstehen, deshalb lachte er nur und stupste Wolfsschwester an. Sie sprang mit beiden Vorderpfoten an ihm hoch, stieß ihn um und setzte ihm ihre Vorderpfoten auf die Brust. Er packte sie am Hals, und dann kugelten sie zusammen im Gras herum, genau wie damals im Bau, als sie noch ganz klein gewesen waren.

Schattenfuchs saß unten. Er sah ihnen zu und lächelte. Eine Weile spielten sie sehr ausgelassen, dann wurde Wolfsbruder müde. Mit Wolfsschwester auf der einen und Wolfsmutter auf der anderen Seite schlief er ein. Wolfsvater lag oben auf dem Kamm und hielt Wache.
Nach einer Weile stand Wolfsvater auf und ging zu den anderen hinunter. Er und Wolfsmutter berührten sich gegenseitig an der Nase. Sie weckten Wolfsschwester. Dann wandten die drei sich um und schauten den Hügel hinab zu Schattenfuchs. Der gab den Blick schweigend zurück. Die drei Wölfe drehten sich um, trotteten den Hügel hinauf und verschwanden.
Schattenfuchs blieb, wo er war. Ein wenig später spürte Wolfsbruder, daß es leer um ihn geworden war, und er wachte auf. Er begann zu weinen, als er sah, daß die Wölfe fort waren.
Schattenfuchs stand auf. Der Junge sah die Bewegung und schaute zu ihm hin. Er hörte auf zu weinen, wischte sich die Tränen ab und rannte zu ihm hinab. Schattenfuchs hob ihn auf seine Schultern. Er lächelte, als er den Kleinen den Hügel hinuntertrug, denn jetzt wußte er, daß das Dorf Wolfsbruders Heimat war.

In den folgenden Jahren besuchten die Wölfe Wolfsbruder oft. Wenn sie in die Nähe des Dorfes kamen und nach ihm riefen, dann ging Wolfsbruder hinaus und spielte mit ihnen. Schattenfuchs hielt diese Besuche für eine gute Sache. Vielleicht wurde sein Adoptivsohn ein Medizinmann, wenn er

erwachsen war. Es würde ihn zu etwas Besonderem und etwas Wichtigem machen. Die Wölfe zu Brüdern zu haben, war eine mächtige Medizin.
Schattenfuchs war ein guter und weiser Medizinmann. Er heilte die Kranken, erklärte die Bedeutung von Träumen und Zeichen, und er sagte die Zukunft voraus. Er hatte eine Medizinrassel. Die war verziert mit Fellstücken und Federn und bemalt mit den Mustern, die er gesehen hatte, als er auf seiner Visionssuche gewesen war. Er mußte dem Großen Geist damals gefallen haben, denn es gelang ihm, vielen Leuten zu helfen. Als Gegenleistung bezahlten sie ihn gut.
Er mußte nicht oft auf die Jagd gehen, um für sich und seine Familie Fleisch zu besorgen, aber er tat es trotzdem, einfach weil er es gern tat. Manches von dem, was er nicht brauchte, gab er armen Familien im Dorf – denen, die keine Männer hatten oder deren Jäger alt oder krank waren.
Manchmal im Winter, wenn Schnee lag und die Wölfe hungrig waren, weil sie nichts zu fressen fanden, gab er Wolfsbruder zusätzlich Fleisch. Wolfsbruder trug es hinaus und gab es den Wölfen.
Manchen Leuten gefiel das nicht. Sie waren der Ansicht, alle Nahrung müsse im Dorf bleiben. Die meisten Leute mochten Wolfsbruder und waren sich inzwischen mit Schattenfuchs darin einig, daß es eine gute Medizin war, ihn in der Gruppe zu haben. Er war etwas Besonderes, er war ein Bruder der Wölfe und doch ein gewöhnlicher Junge.
Aber einige Leute mißtrauten ihm noch immer wegen seiner seltsamen Vergangenheit. Vielleicht war er gar kein Mensch. Vielleicht würde er sie eines Tages verraten oder ihnen

Unglück bringen. Doch die meisten der Gruppe hörten nicht auf die, die sich über Wolfsbruder beklagten.

Wolfsbruder und sein Freund Geflecktes Pony standen im Gebüsch am Fluß. Sie waren beide elf Jahre alt. Über ihnen, an einem toten Ast, hing ein Hornissennest. Es hatte die gleiche papierähnliche Farbe wie die trockene Rinde. Ein paar Hornissen schwirrten um den Eingang herum und krabbelten an den Seitenwänden des Nestes entlang.
»Sollen wir es herunterschlagen?« fragte Geflecktes Pony.
»Warum nicht?«
Die beiden Jungen sammelten ein paar Steine im Flußbett. Vorsichtig näherten sie sich dem Nest. »Sei bereit wegzurennen!« sagte Wolfsbruder. »Die Hornissen werden sehr böse sein, wenn sie herauskommen.« Er warf einen Stein. Daneben. Er warf noch einen, und Geflecktes Pony tat dasselbe. Ein Stein traf das Nest. Es wackelte, aber es blieb am Baum hängen. Die Hornissen im Nest summten warnend; einige kamen heraus und flogen im Kreis unter dem Nest herum.
»Wir haben es getroffen!« riefen die Jungen sich zu und warfen weiter.
Ein zweiter Stein streifte das Nest an der Seite. Es wackelte, und das Summen schwoll zornig an. Hornissen kamen herausgeschwärmt. Sie flogen kreuz und quer durch die Büsche, um zu sehen, wer da ihr Heim bedrohte.
Lachend und rufend warfen die Jungen weiter. Ein Stein prallte mit einem dumpfen Schlag seitlich auf das Nest. Ein großes Stück fiel zu Boden, und plötzlich war die Luft voll von Hor-

nissen, die die Jungen umschwirrten. Die Luft vibrierte von ihrem wütenden Summen.
»Au!« rief Geflecktes Pony. »Eine hat mich gestochen!« Er klatschte sich auf die Schulter.
Wolfsbruder begann zu lachen, doch plötzlich spürte er einen scharfen Schmerz am Kopf. Er schrie auf und griff an sein Haar. Eine zweite Hornisse stach ihn in den Arm.
»Au! Lauf! Lauf! Sie haben uns entdeckt!«
Die Jungen warfen ihre Steine weg und stürmten durch das Gebüsch. Zweige und Blätter zerkratzten ihnen die Haut, aber das schmerzte nicht so sehr wie die Stiche der Hornissen.
Japsend und keuchend blieben sie schließlich stehen. Sie hielten beide den Atem an und lauschten, ob die Hornissen ihnen folgten. Nichts war zu hören.
»Mein Kopf tut weh.« Wolfsbruder legte seine Hand auf die schmerzende Stelle.
Sie hörten jemanden lachen, und zwei Jungen traten hinter einem Baum hervor.
»Natürlich tut es weh«, sagte der große, dünne Junge. »Wie dumm ihr doch seid! Ob ihr für solche kindischen Spiele wohl jemals zu alt werdet?«
»Auch du bist noch kein Mann, Schweifender Blick«, entgegnete Wolfsbruder.
»Nein, aber bald werde ich einer sein. Morgen fange ich an, mich auf meine Visionssuche vorzubereiten.«
Seine Stimme klang überheblich. Die Visionssuche war eines der wichtigsten Ereignisse im Leben eines Kriegers. Wenn ein Junge in das vierzehnte oder fünfzehnte Jahr kam, dann wur-

de es Zeit, in die Reihe der jungen Männer aufzurücken. Wenn er das Gefühl hatte, bereit zu sein, fastete er und läuterte sich, damit er den Geistern nicht mißfiel. Dann ging er für mehrere Tage fort. In dieser Zeit aß und schlief er nicht, sondern er betete zu den Geistern und bat sie, ihm eine Vision zu schicken.

Wenn er Glück hatte, erhielt er ein Zeichen, das ihn führte. Wenn er von einem Adler träumte, dann war ein Adler vielleicht sein Schutzgeist, der ihm in einer schwierigen Lage Hilfe brachte. Wenn er von Büffelherden träumte, die auf ihn zukamen, dann wurde er vielleicht einmal ein großer Jäger. Jeder Traum hatte seine eigene Bedeutung. Manche Träume waren leicht zu verstehen. Andere waren kompliziert und konnten nur mit Hilfe eines Medizinmanns wie Schattenfuchs erklärt werden, der die Sprache der Geister kannte.

Wolfsbruder wollte nicht, daß Schweifender Blick merkte, wie sehr es ihn beeindruckte, daß der ältere Junge so kurz vor diesem wichtigen Ereignis stand. Deshalb zuckte er nur die Achseln und wandte sich ab.

»Komm, Geflecktes Pony«, sagte er. »Wir brauchen etwas Schlamm für unsere Stiche.«

Schweifender Blick und sein Begleiter, Eulenfeder, folgten den Jungen zum Fluß hinunter. Dort mischten Wolfsbruder und Geflecktes Pony mit den Händen Wasser und Erde zu einer Paste und schmierten diesen Schlamm auf die Hornissenstiche. Das kühlte und linderte.

Schweifender Blick schaute mit dem einen Auge zu, das er kontrollieren konnte. Das andere Auge beherrschte er nicht. Langsam wie ein Fisch, der sich im Wasser dreht, wanderte es in der Augenhöhle herum. Es konnte sich niemals fest auf eine bestimmte Stelle konzentrieren. Daher hatte Schweifender Blick seinen Namen.

»Kinder jammern über Insektenstiche«, sagte Schweifender Blick mit einem spöttischen Lächeln. »Ein Krieger muß sich Pfeilen stellen.«

»Mir täte es nicht leid, wenn du mit einem Pfeil erschossen würdest«, sagte Wolfsbruder.

Schweifender Blick hob eine Handvoll Schlamm auf und warf damit nach Wolfsbruder. Der duckte sich. Aus einer anderen Richtung traf ihn Schlamm auf der Brust, den Eulenfeder geworfen hatte.

Geflecktes Pony packte Eulenfeder am Arm. »Du hältst dich hier heraus! Zwei gegen einen ist nicht ehrlich.«

Wolfsbruder sah Schweifender Blick entgegen. Der größere Junge kam grinsend mit einer Handvoll Schlamm auf ihn zu. Er grub seine langen, dünnen Finger in Wolfsbruders Arm. Wolfsbruder versuchte, sich aus dem Griff zu befreien. Er trat gegen die Schienbeine des anderen, aber mit seinen Mokassins konnte er dem älteren Jungen nicht weh tun.

Langsam und unablässig grinsend schmierte Schweifender Blick den Schlamm über Wolfsbruders Gesicht und über seinen Kopf. Er rieb ihm den Schlamm in den Mund und in die Augen und verteilte ihn in seinem Haar. Wolfsbruder kämpfte und schlug hilflos um sich. Aber Schweifender Blick bog ihm die Arme nach hinten und drehte ihn zu den anderen beiden herum.

»Schaut euch den schmutzigen, kleinen Jungen an! Er ist ganz voll Schlamm. Ich will ihm helfen, sich zu waschen.«

Schweifender Blick zerrte Wolfsbruder hinaus an eine Stelle, wo der Fluß tiefer war. Immer und immer wieder drückte er Wolfsbruder unter Wasser, bis dieser kaum mehr atmen konnte. Er keuchte, würgte und spuckte Wasser, doch er hatte kaum Zeit, den Mund und die Nase freizubekommen, ehe er wieder untergetaucht wurde.
Durch das Dröhnen in seinen Ohren hörte er Rufe, und er sah, daß Geflecktes Pony und Eulenfeder platschend durch den Bach auf sie zugerannt kamen.
»Halt! Halt!« riefen beide. »Du erträнkst ihn ja!«
Schweifender Blick lachte und stieß Wolfsbruder von sich. Der fiel wieder ins Wasser. Es drang in seinen Mund und in seine Nase und schmerzte in seiner Kehle. Mühsam rappelte er sich hoch. Er keuchte und hustete und versuchte, seine Lungen mit Luft zu füllen.
Als er wieder sehen konnte, standen Schweifender Blick und Eulenfeder am Ufer. Schweifender Blick drehte sich zu ihm um und warf sein langes, dünnes Haar zurück.
»Kleiner Junge«, sagte er, »du bist kein Wolfsjunges. Du gleichst eher einem Präriehuhn!«
Er stapfte ins Gebüsch, gefolgt von Eulenfeder.
»Ich habe noch nie jemanden gekannt, der so gemein ist wie Schweifender Blick«, sagte Geflecktes Pony. »Warum haßt er dich so sehr?«
Wolfsbruder wußte keine Antwort.

3

Wolfsbruder saß vor seinem Zelt. Vor drei Tagen war Schweifender Blick zu seiner Visionssuche aufgebrochen. Das ganze Dorf erwartete seine Rückkehr. Alle wollten wissen, ob die Geister ihm ein Zeichen gesandt hatten, und wenn ja, welches.

Warum haßt mich Schweifender Blick so sehr? fragte sich Wolfsbruder. Ich habe ihm nie etwas getan.

Schweifender Blick schien Schattenfuchs sehr zu bewundern. Er sprach mit dem Medizinmann, wann immer er konnte, und er hörte genau zu, wenn der etwas sagte. Er beobachtete, was Schattenfuchs tat, und ahmte ihn nach, so gut er konnte. Schattenfuchs war geduldig mit ihm, wie er mit allen geduldig war.

Wolfsbruder hatte Schattenfuchs nicht erzählt, daß Schweifender Blick ihn fast ertränkt hatte. Es war nicht das erste Mal, daß Schweifender Blick so grob gewesen war, und vermutlich würde es auch nicht das letzte Mal gewesen sein. Wolfsbruder wehrte sich immer, so gut er konnte, und er verlor fast immer, aber er hielt den Mund und beklagte sich nicht.

Manchmal dachte er, Schattenfuchs wisse alles. Sein Blick ruhte oft forschend auf Wolfsbruder, wenn sie beide allein waren. Dann dachte er, daß Schattenfuchs es ihm überließ, mit diesen Schwierigkeiten fertig zu werden, so wie er die Dinge würde bewältigen müssen, wenn er ein Mann geworden war.

Wolfsbruder seufzte und sah sich im Dorf um. Eine Gruppe alter Männer saß zusammen. Friedlich ließen sie eine Pfeife kreisen. Sie redeten über die Jagden und die Kämpfe in früheren Zeiten, als sie noch jung gewesen waren.

Etwas abseits bearbeiteten zwei Frauen eine Antilopenhaut. Sie lag, mit hölzernen Pflöcken am Boden befestigt, mit dem Fell nach unten und der Innenseite nach oben. Eine Frau schabte mit einer Klinge, die an einem Elchhorngriff befestigt war, das Fleisch und das Fett von der Innenseite. Die andere Frau folgte ihr mit einem steinernen Schaber. Sobald die Haut vollkommen sauber war, wurde sie gegerbt, weichgemacht, gedehnt und dann zu Kleidung verarbeitet.

Zwei Hunde schauten den Frauen zu. Sie wedelten hoffnungsvoll mit dem Schwanz und leckten sich das Maul. Ein dritter Hund kam angetrottet, und einer von den beiden ersten stand auf und knurrte. Steifbeinig und mit böse gefletschten Zähnen standen sie sich gegenüber. Plötzlich sprang der eine Hund den Neuankömmling an. In einem Knäuel aus Beinen und Fell wälzten sie sich am Boden.
Durch ihren Kampf wirbelten sie Staub auf. Der ließ sich auf der Tierhaut nieder. Eine der Frauen stieß eine Verwünschung aus. Sie nahm einen am Boden liegenden Pflock und schlug auf die ineinander verkeilten Hunde ein. Die fuhren auseinander und rannten aufheulend in verschiedenen Richtungen davon. Der dritte Hund legte sich flach auf die Erde und versuchte, sich unsichtbar zu machen. Als er sah, daß die Frau sich nicht um ihn kümmerte, setzte er sich auf und wedelte wieder mit dem Schwanz.
Von außerhalb des Dorfes erklang ein Ruf, und alle Hunde begannen zu bellen. Eine kleine Gruppe Jäger ritt ins Lager. Wolfsbruder erkannte sie. Sie kamen von einer benachbarten Gruppe der Sioux. Die beiden Gruppen handelten oft untereinander und besuchten sich gegenseitig. Schweifender Blick war bei ihnen. Er ritt mit einem anderen Mann zusammen auf dessen Pferd.
Die Pferde blieben stehen, und Schweifender Blick glitt herunter. Seine Knie knickten ein, als er den Boden berührte, und fast wäre er gefallen. Er richtete sich schnell wieder auf, aber er schwankte unsicher. Krummes Bein, der Vater von Schweifender Blick, und die anderen Männer traten vor.
»Er war bewußtlos, als wir ihn fanden«, sagte einer der Besu-

cher. »Da er zu schwach war zum Gehen, haben wir ihn zurückgebracht.«
Schweifender Blick wurde von seiner Familie in ihr Tipi geführt.
Die Besucher stiegen vom Pferd, und die Männer der beiden Gruppen setzten sich zusammen. Sie würden essen und rauchen und reden, bevor die Gäste in ihr eigenes Dorf zurückkehrten.
Geflecktes Pony saß auf dem Platz neben Wolfsbruder. »Ich möchte gern wissen, was er gesehen hat«, sagte er.

Ein paar Tage später erzählten die Leute, daß Schweifender Blick kein Zeichen erhalten hatte. Keine Nachricht war von den Geistern gekommen, um ihm zu sagen, wer er war oder was aus ihm werden sollte.
Er war gegangen, um ihre Stimmen zu hören, aber er hatte keine Stimmen gehört. Er war immer noch Schweifender Blick und kannte sich nicht.
Wolfsbruder trat vor sein Tipi ins Morgenlicht. Ein guter Tag lag vor ihm, sonnig und kühl, mit einer leichten Brise. Er hob seinen Bogen und seine Pfeile auf, sah zwei andere Jungen und ging zu ihnen hinüber.
»Sieht nach einem guten Tag aus, um auf die Jagd zu gehen«, sagte er zu Kleiner Adler. »Komm doch mit und versuch dein Glück!«
Kleiner Adler wandte sich ab. »Geh doch mit den Wölfen auf die Jagd!«
»Du bist sehr unfreundlich heute.« Wolfsbruder wandte sich

an den anderen Jungen. »Blaues Hemd, du hast einen neuen Bogen. Willst du ihn ausprobieren?«
Der Junge schüttelte den Kopf. »Ich bleibe bei Kleiner Adler.«
Beide Jungen gingen weg. Wolfsbruder hörte Schritte hinter sich, und als er sich umdrehte, sah er Schweifender Blick und Eulenfeder. Eulenfeder war jünger als Schweifender Blick. Er hatte erst zwölf Winter hinter sich, doch Schweifender Blick verbrachte die meiste Zeit mit ihm. Eulenfeder bildete sich sehr viel darauf ein, daß er der Freund eines Jungen war, der kurz davor stand, in die Reihe der Männer zu treten.
»Was wirst du tun, wenn die Jungen nicht mehr mit dir auf die Jagd gehen?« fragte Eulenfeder mit einem häßlichen Lächeln.
»Weißt du das nicht?« entgegnete Schweifender Blick. »Dann geht er und lebt mit den Wölfen.«
»Wirst du ihn vermissen?« fragte Eulenfeder.
»Ich nicht. Ich wollte, er wäre bei den Wölfen geblieben. Wir brauchen ihn hier nicht.«
Als Wolfsbruder nicht antwortete, stieß Schweifender Blick ihn in den Rücken. »Warum gehst du nicht zu den Wölfen zurück? Schattenfuchs lebt ohne dich besser.«
Wolfsbruder blieb stehen. »Ich weiß, daß du gern meine Stelle bei Schattenfuchs einnehmen würdest. Das wolltest du schon immer, seit dein Vater zum Krüppel wurde und nicht mehr kämpfen oder jagen kann. Aber ich werde nicht gehen. Obwohl die Wölfe meine Freunde sind, lebe ich doch mit den Menschen.«
»Du bist eine schlechte Medizin«, sagte Schweifender Blick. Er funkelte Wolfsbruder wütend an, doch sein wanderndes Auge bewegte sich und starrte irgendwohin über Wolfsbru-

ders Schulter. »Die Geister haben mich vor dir gewarnt auf meiner Visionssuche.«

»Ich dachte, du hättest kein Zeichen erhalten.«

»Ich habe keins erhalten, das mich betrifft, aber ich wurde vor dir gewarnt.«

»Und was haben die Geister gesagt?«

»Daß du und die Wölfe uns Leid zufügen werden. In meiner Vision war ich in meinem Tipi, und ihr seid draußen gewesen und habt mit den Zähnen an den Häuten gerissen. Du hast mit dem Wolfsrudel geheult. Die Frauen und die Kinder weinten. Außer meinem Vater und mir waren keine Männer da. Wir konnten die Frauen und die Kinder nicht allein verteidigen. Ich habe immer gewußt, daß es nicht richtig war, dich bei uns zu behalten.«

»Ich habe bei euch gelebt, seit mich Schattenfuchs hierhergebracht hat«, sagte Wolfsbruder. Aber er dachte: Ich würde dir *gern* Angst machen, Schweifender Blick. Ich würde dich gern mit scharfen Wolfszähnen beißen, bis es dir leid täte, daß du so gemein zu mir warst. Aber er sagte es nicht laut. Denn er wußte, daß Schweifender Blick nur versuchen würde, ihm wieder weh zu tun.

»Du solltest nicht hier leben«, sagte Schweifender Blick. »Du stammst von den Wölfen ab. Wir anderen wurden von Menschen geboren. Nur du bist anders. Du gehörst nicht hierher.«

»Alle wissen es«, sagte Eulenfeder. »Es wird Zeit, daß du gehst.«

Wolfsbruder ging steifbeinig weiter, und diesmal folgten sie ihm nicht.

Später kam Geflecktes Pony zu seinem Tipi.

»Hast du gehört, was Schweifender Blick sagt?« fragte ihn Wolfsbruder.
»Alle haben es gehört«, sagte Geflecktes Pony.
»Wenn ich auf Visionssuche ginge und die Geister nicht über mich selbst zu mir sprächen, dann wäre ich still, statt schlimme Dinge über andere zu sagen.«
»Vielleicht ist er der Ansicht, daß irgendein Traum immer noch besser ist als gar kein Traum.«
Tante Taube war gerade vom Wurzelausgraben zurückgekehrt, und sie hörte die beiden reden. »Er will so schnell wie möglich die Stellung von Schattenfuchs einnehmen«, sagte sie. »Er meint, wenn du nicht wärst, dann könne er das tun. Er glaubt, daß du ihm im Weg bist.«
»Ich weiß nicht, ob ich ein Medizinmann werden kann«, sagte Wolfsbruder. »Ich habe noch kein Zeichen erhalten.«
»Ich glaube, Schweifender Blick hat sein Zeichen erfunden«, sagte Tante Taube. »Und wenn er weiterhin lügt, dann werden die Geister ihn sicherlich bestrafen.«
Sie nahm ihr Messer und fing an, wie wild Rüben zu schneiden. Bei der Arbeit brummte sie vor sich hin.

Wolfsbruder merkte, daß ihn einige Leute jetzt anders ansahen. Die Geschichte, die Schweifender Blick erzählt hatte, machte sie unruhig. Jede Nachricht von den Geistern war wichtig.
Es war ein Jammer, daß Schweifender Blick ohne ein Leitwort von seiner Suche zurückgekommen war. Aber er war mit einer Warnung zurückgekehrt, und vielleicht entsprach sie

der Wahrheit. Zeichen gab es überall, und schlimme Dinge geschahen, wenn man sie übersah.
Wolfsbruder war anders. Wer wußte schon, woher er kam und was er wirklich war? Sie würden ihn beobachten.
Und Wolfsbruder wußte, daß er beobachtet wurde. Er spürte die Augen der Leute auf sich, wann immer er sein Tipi verließ. Sie folgten ihm überallhin ... die Augen von Schweifender Blick, von Eulenfeder und von Krummes Bein.
Man hatte ihn nicht immer Krummes Bein genannt. Aber vor vier Jahren war er bei der Büffeljagd im Herbst verletzt worden. Als sein Pferd dem Angriff eines verwundeten Büffels nicht schnell genug auswich, wurden sein Bein und seine Hüfte zerschmettert. Unglücklicherweise waren die Verletzungen schlecht verheilt, und jetzt war ein Bein krumm und kürzer als das andere. Er war ein guter Jäger und ein guter Krieger gewesen, aber jetzt konnte er fast nur noch herumhumpeln und nicht mehr weit reiten. Seine Familie war arm, und Schweifender Blick war voller Bitterkeit.

»Komm, Wolfsbruder!« rief Geflecktes Pony. »Wir spielen *Vom-Pferd-werfen*!«
»Ich will nicht spielen.«
Sein Freund packte ihn am Arm. »Du kannst nicht die ganze Zeit in deinem Tipi sitzen. Brauner Bär will dich auf seiner Seite haben.«
»Wirklich?«
»Er macht sich nichts aus den Träumen von Schweifender Blick. Komm!«

Sie gingen zu einem Feld außerhalb vom Dorf. Alle Jungen waren da und saßen ohne Sättel auf ihren Pferden. Sie stellten sich in zwei Reihen gegenüber.
Bei warmem Wetter spielten sie nackt, doch jetzt war es zu kühl. Herbstliche Kälte lag über dem Land.
»Beeilt euch!« rief Brauner Bär. »Wir warten auf euch!«
Wolfsbruder galoppierte an seine Seite. Brauner Bär grinste und klopfte ihm auf die Schulter. Blaues Hemd und Kleiner Adler drehten sich weg und schauten Wolfsbruder nicht an. Ich werde mich nicht um sie kümmern, dachte er.
Er wendete Gisapa, sein Pferd, in Richtung der anderen Mannschaft. Geflecktes Pony war auf der anderen Seite. Er bedeutete Wolfsbruder, daß er ihn vom Pferd werfen wolle. Wolfsbruder hob drohend seine Faust.
Einige ältere Jungen und Männer versammelten sich am Rand des Feldes, um dem Spiel zuzuschauen. Wolfsbruder sah Schweifender Blick bei ihnen stehen. Er schien ihn anzustarren. Eulenfeder war nicht dabei. Als Wolfsbruder zurück aufs Feld schaute, sah er ihn bei der anderen Mannschaft. Auch er schien Wolfsbruder böse anzufunkeln.
Ich werde nicht zulassen, daß er mich vom Pferd wirft, dachte Wolfsbruder.
Brauner Bär hob die Hand. Alle Jungen wendeten ihre Pferde, so daß sich die gegnerischen Mannschaften gegenüberstanden. Brauner Bär ließ mit einem Aufschrei die Hand fallen. Mit einem gemeinsamen mächtigen Kampfschrei trieben die Jungen ihre Pferde an. Heulend und mit den Fersen auf die Rippen ihrer Pferde trommelnd, um sie anzuspornen, donnerten sie über das Feld.

Wolfsbruder und Eulenfeder galoppierten genau aufeinander zu. Eulenfeder war größer und älter, aber Wolfsbruder wollte seiner Herausforderung nicht weichen. Ihre Pferde stießen fast mit den Köpfen zusammen, aber im letzten Moment wichen sie gerade so viel aus, daß sie einen Zusammenstoß vermieden. Wolfsbruder wurde unsanft von Eulenfeders Bein getroffen. Sein Knie fühlte sich an, als sei es gebrochen, aber er klammerte sich um so fester an Gisapa. Eulenfeder packte seinen Arm. Wolfsbruder stemmte sich dagegen, doch Eulenfeder war stärker, und Wolfsbruder spürte, wie er vom Pferd gezogen wurde. Wenn er zu Boden fiel, dann war er »tot« und schied aus.

Er stieß Gisapa vorwärts und hängte sich zur gleichen Zeit mit seinem ganzen Gewicht an Eulenfeder. Fast hätte der Trick gewirkt. Eulenfeder fiel nach hinten, als die Pferde aufeinanderprallten, aber er fing sich noch rechtzeitig.

Sie rissen ihre stampfenden Pferde herum und standen sich wieder gegenüber. Eulenfeder sah grimmig aus, als wäre es kein Spiel, sondern blutiger Ernst. Wolfsbruder wußte, er durfte es nicht zulassen, daß der ältere Junge ihn noch einmal packte. Er war weder groß noch stark genug, um sich lange gegen ihn zu wehren.

Bevor er bereit war, stieß Eulenfeder einen Schrei aus, der tief aus der Kehle kam, und stürzte sich auf ihn. Wolfsbruder holte mit der rechten Hand aus, als wollte er nach Eulenfeders Kopf greifen. Im letzten Augenblick duckte er sich tief über Gisapas Hals und tauchte plötzlich hinter Eulenfeders Arm auf. Er griff nach hinten, packte wild nach Eulenfeder und landete mit der Hand unter dessen Kinn. Eulenfeder warf die

Arme hoch, kippte rückwärts über das Hinterteil seines Pferdes und fiel zu Boden.
Wolfsbruder stieß ein Triumphgeheul aus. Es war viel Glück dabei gewesen, daß sein verzweifelter Griff nach hinten ein Ziel gefunden hatte, doch zu jedem Kampf gehörte Glück. Er blickte zu den Zuschauern hinüber und sah, daß Schweifender Blick sich abgewandt hatte, als hätte er nicht zugesehen. Wolfsbruder grinste und kehrte zum Spiel zurück. Schwitzende Pferde rannten auf dem Feld hin und her. Schnaubend und wiehernd wichen sie einander aus, wirbelten herum und stürmten aufeinander zu. Die Jungen brüllten und keuchten und schwitzten ebenfalls. Ihre schwarzbehaarten Köpfe glänzten in der Sonne wie Rabenflügel.
Einige Jungen lagen am Boden. Sie mußten sich schnell vor den teilweise reiterlosen Pferden, die über das Feld gestürmt kamen, in Sicherheit bringen. Angesteckt von der Erregung stürzte sich ein kleiner Junge mit einem wilden Schrei auf Wolfsbruder. Doch der warf ihn ohne Schwierigkeiten zu Boden.
Dann sah er, daß Geflecktes Pony grinsend auf ihn zugaloppiert kam. Wolfsbruder stieß Gisapa vorwärts, und wenig später trafen sie aufeinander. Ihre Arme und ihre Hände verkeilten sich ineinander, und ihre Beine schlossen sich wie Eisenklammern um ihre Pferde. Das Grinsen von Geflecktes Pony verwandelte sich in ein wild entschlossenes Zähnefletschen. Er und Wolfsbruder schwankten vor und zurück. Sie versuchten keine Tricks, sondern maßen nur grimmig ihre Kraft miteinander.
Langsam, ganz langsam, glitt Wolfsbruder von seinem Pferd.

Es war zu spät, um noch einen Trick zu versuchen, und er war sowieso zu müde. Er glitt zu Boden, und Geflecktes Pony berührte ihn am Kopf zum Zeichen, daß er ihn besiegt hatte. Dann wandte er sich mit einem Schrei von ihm ab und warf sich mit seinem harten, stämmigen Körper auf das nächste Opfer.

Wolfsbruder schüttelte den Kopf. Geflecktes Pony besiegte ihn immer beim *Vom-Pferd-werfen*, doch er besiegte auch fast jeden anderen. Er war so stark wie ein Bär, und nur selten gelang es jemandem, ihn vom Pferd zu stoßen.

Wolfsbruder rieb seine schmerzenden Arme und führte Gisapa zum Rand des Feldes.

»Das hast du gut gemacht, Wolfsbruder. Du hast Eulenfeder vom Pferd geworfen, obwohl er älter ist als du«, sagte einer der alten Männer, Viele Büffel, mit seiner hohen, dünnen Stimme.

Wolfsbruder nickte stolz. Zwei andere Männer gingen murmelnd weg. Früher hätten sie ihn auch gelobt, aber jetzt dachten sie an den Traum von Schweifender Blick und sagten nichts.

4

Es war ein seltsamer Winter für Wolfsbruder. Zum erstenmal merkte er, daß er nicht so war wie die anderen. Er hatte immer gewußt, daß er nicht in der Gruppe geboren worden war, aber vorher war das nie wichtig gewesen. Die meiste Zeit seines Lebens – fast elf Jahre lang – hatte er in der Gruppe gelebt. Aber für einige von den älteren Leuten waren elf Jahre keine lange Zeit. Sie dachten darüber nach, wer seine richtigen Eltern gewesen sein mochten und warum die Wölfe für ihn

gesorgt hatten. Jetzt dachte Wolfsbruder auch darüber nach. Er war nicht durch Geburt Mitglied dieser Gruppe geworden. Zuerst hatte er zu den Wölfen gehört, und jetzt kehrte er zu ihnen zurück, wann immer er wollte. Im Sommer jagte und schlief er mit ihnen, und im Winter brachte er ihnen Nahrung. Seine Wolfseltern hatten jedes Jahr einen Wurf Wolfsjunge. Wolfsschwester war inzwischen erwachsen und hatte selbst einen Gefährten namens Schwarzfuß. Sie hatte Junge, auf die Wolfsbruder manchmal aufpaßte, während sie zur Jagd ging oder sich ausruhte. Dann legte er sich auf die Erde und ließ die Jungen auf sich herumhüpfen und an sich herumkauen, so wie er einst mit Wolfsvater gespielt hatte. Inzwischen war er fast mit jedem Wolf im Umkreis von einigen Meilen verwandt.
Er brauchte nicht bei den Menschen zu bleiben. Er hatte noch eine Familie, noch ein anderes Leben, das ihn erwartete. Und die Wölfe kritisierten ihn nie. Sie akzeptierten ihn so, wie er war, und sie ließen ihn kommen und gehen, wie er wollte. Wenn Schweifender Blick oder sonst irgend jemand ihm das Leben unter den Menschen zu schwer machte, dann hatte er noch einen anderen Ort, an den er gehen konnte. Es war ein tröstlicher Gedanke.
Schweifender Blick hatte seine Vision noch einmal. Zumindest behauptete er das. Selbst Schattenfuchs schüttelte den Kopf, als er das hörte. Die Leute, die schon immer gegen Wolfsbruder gewesen waren, freuten sich über diese Träume. Sie sagten, sie hätten von Anfang an gewußt, daß es gefährlich war, dieses geheimnisvolle Kind in ihrer Gruppe aufzunehmen.

Der Winter war kurz und trocken mit sehr wenig Regen oder Schnee. Der Wind heulte über die weite Prärie und strich pfeifend um die Tipis, die im Schutz von Felsen und in Senken kauerten. Der Himmel blieb leer. Die Wolken wurden weggeblasen, bevor sie sich zusammenballen konnten, und die Erde blieb braun und kahl.
Der Frühling kam zu früh. Die alten Leute runzelten die Stirn, statt sich zu freuen. Dies war nicht der richtige Zeitpunkt, und es war unnatürlich. »Das Wasser wird knapp werden dieses Jahr«, sagten sie. Besorgt achteten sie auf die Zeichen, und die waren alle schlecht.
Wolfsbruder und Geflecktes Pony übten mit Pfeil und Bogen schießen.
Sie wechselten sich ab und schossen auf ein Ziel in der Nähe von Wolfsbruders Tipi.
Geflecktes Pony zielte und ließ seinen Pfeil fliegen. Er verfehlte sein Ziel. Wolfsbruder war an der Reihe, und er schoß fast genau in die Mitte.
Geflecktes Pony scharrte mit den Füßen. »Ich könnte besser schießen, wenn ich nicht so hungrig wäre«, sagte er. »Ich bin so leer, daß mein Arm ganz schwach ist.«
»Komm herein!« sagte Wolfsbruder. »Tante Taube gibt uns etwas zu essen.«
Sie gingen ins Tipi. Dort hing immer ein Topf über dem Feuer, in dem eine Art Fleischeintopf, gewürzt mit Wurzeln, Kräutern und Blättern, vor sich hin kochte. Wenn von der Nahrung im Topf etwas gegessen wurde, dann fügte Tante Taube etwas hinzu, und so blieb er immer voll. Im Tipi roch es ständig nach Holzrauch und gutem Essen. Manchmal wur-

den ganze Fleischstücke gebraten. Die Leute hatten keine festgelegten Essenszeiten, sondern aßen, wenn sie hungrig waren.
»Seid ihr schon wieder da?« brummte Tante Taube. »Ihr habt ein Loch in eurem Magen!«
Ihre Stimme klang ärgerlich, aber sie wußten beide, daß es ihr in Wirklichkeit nichts ausmachte. Sie beklagte sich eben gern.
Schattenfuchs saß am Boden gegen eine Rückenstütze aus Weidenstöcken gelehnt. Er rauchte seine Pfeife und meditierte. Das Rauchen war ein wichtiger Teil seines Lebens. Der Rauch, der zum Himmel aufstieg, half seine Gebete zur Welt der Geister zu tragen.
Die Jungen aßen schnell, um ihn nicht zu stören.
Draußen erklang Hufgetrappel. Die Lagerhunde bellten und wurden wieder ruhig, als sie die Ankömmlinge erkannten. Ein Krieger namens Schnelle Hand kam durch die Klappe und stellte sich rechts davon auf. Schattenfuchs legte seine Pfeife ab und machte ihm ein Zeichen, sich neben ihn zu setzen.
»Es sind Fremde in unserem Tal«, sagte Schnelle Hand.
»Wer ist es?«
»Ich glaube, es sind Assiniboin.«
»Gewöhnlich kommen sie nicht so weit nach Süden.«
»Nein, das tun sie nicht«, stimmte Schnelle Hand zu.
»Wo hast du sie gesehen?«
»Ihr Lager ist in den Pappelwäldern am Kleinen Fluß. Ich habe den Rauch von ihren Kochfeuern gesehen, als ich von der Jagd zurückkam. Ich bin nahe an ihr Lager herangegangen und auf einen Baum geklettert, um besser sehen zu können. Sie haben ein paar Frauen und Kinder bei sich.«

»Hast du es Schwarzer Hirsch gesagt?«
Schnelle Hand schüttelte den Kopf. »Schwarzer Hirsch ist ein alter Mann. Er bewegt sich nicht mehr viel.«
»Schwarzer Hirsch ist der Häuptling. Er muß es erfahren. Ich gehe mit dir.«
Die beiden Männer verließen das Tipi, und Wolfsbruder und Geflecktes Pony schlenderten hinterher.
Schwarzer Hirsch saß vor seinem Tipi. Er sah alt und bucklig aus in seinem Fransenhemd. So lange, wie die meisten der jungen Männer zurückdenken konnten, war er Häuptling gewesen. Er rauchte seine Pfeife und hörte sich den Bericht von Schnelle Hand an.
»Wir werden ein wenig warten«, sagte er nach einer langen Pause, in der er mehrere Mundvoll Rauch ausstieß. »Wir haben lange Zeit in Frieden gelebt. Viele Monde lang haben weder die Cheyenne noch die Crow Kriegszüge gegen uns unternommen. Wenn diese Leute uns nicht belästigen, dann werde ich sie auch nicht belästigen.«
»Wir sollten ein paar Späher aussenden, um zu erfahren, wer sie sind und was sie wollen«, sagte Schattenfuchs.
»Wir werden warten«, antwortete Schwarzer Hirsch und rauchte seine Pfeife.
Einer der jungen Männer flüsterte einem anderen etwas zu. »Sein Rheumatismus plagt ihn. Deshalb will er nicht reiten.«
»Er ist immer noch der Häuptling«, antwortete der andere.
Schattenfuchs kehrte zu seinem Zelt zurück. Sein Gesicht war ernst, und Wolfsbruder wußte, daß er sich Sorgen machte. Wenn jetzt trotzdem jemand zu dem anderen Lager ging, so zeigte er damit Schwarzer Hirsch seine Mißachtung.

In den nächsten zwei Tagen gingen die Jäger einige Male wie zufällig an dem Lager am Kleinen Fluß vorbei. Leise kletterten sie auf die Pappeln und beobachteten die wenigen zerschlissenen Tipis. Die Leute schienen arm und harmlos zu sein, und sie verließen kaum ihre Behausungen. Die Jungen wären auch gern hingegangen, aber man hatte es ihnen verboten. Sie mußten in der Nähe des Dorfes bleiben, solange Fremde im Tal waren.
Schattenfuchs suchte den Himmel ab und lauschte auf den Wind. Er beobachtete den Flug der Vögel und das Verhalten der Tiere. Er suchte nach Zeichen, aber er fand keine.

Wolfsbruder wachte plötzlich auf. Das dunkle Zelt vibrierte von dem Lärm. Der Boden unter ihm erzitterte, und Schreie durchschnitten die Luft.
Zuerst verstand er nicht, was da geschah, und er war voll blinder Angst. Er lag steif zwischen seinen Fellen, starrte nach oben, und das Klopfen seines Herzens ließ seinen ganzen Körper erbeben. Dann begriff er, daß das Trommeln, das die Erde erschütterte, Pferdegetrappel war. Die Schreie kamen von verängstigten Frauen und Kindern.
Wolfsbruder sprang auf und suchte am Boden nach seinem kleinen Bogen und den Pfeilen. Draußen dämmerte gerade der Morgen, und jetzt, wo er wirklich wach war, konnte er sehen, daß der Platz von Schattenfuchs leer war. Der Medizinmann war schon draußen. Wolfsbruder stolperte zur Klappe, aber bevor er hindurchkriechen konnte, packte ihn von hinten Tante Taube.

»Nein, Wolfsbruder!« rief sie. »Du bist noch zu jung, um zu kämpfen. Bleib hier!«
Er versuchte sich loszureißen. »Ich bin nicht zu jung. Laß mich gehen!«
»Dein Vater hat mir befohlen, dich hierzubehalten. Du mußt ihm gehorchen.«
Schattenfuchs mußte er wirklich gehorchen, selbst wenn er es nicht wollte. Er ließ zu, daß Tante Taube ihn von der Öffnung wegzog, aber seinen Bogen und seine Pfeile ließ er nicht los. Sie setzten sich in der Mitte des Tipis nieder, und er hielt die Waffe auf den Knien. Sie war auf die Tür gerichtet. Zusammen lauschten sie auf die Kampfgeräusche um sie herum. Doch die hielten nicht lange an. Schon bald verstummten die Schreie, und das Pferdegetrappel verschwand in der Ferne. Wolfsbruder ging nach draußen, und Tante Taube folgte.
Krieger rannten im kalten Licht der Dämmerung herum, schrien sich und ihren Familien etwas zu. Frauen und Kinder drängten sich in den Öffnungen der Tipis. Eine Gruppe Männer versammelte sich in der Mitte des Dorfes, und Wolfsbruder ging zu ihnen hinüber. Schattenfuchs war auch dort. Er kniete am Boden. Schwarzer Hirsch, der alte Häuptling, lag vor ihm. In seiner Schulter steckte ein Pfeil, und zwei Krieger hielten Schwarzer Hirsch fest, während der Medizinmann den Pfeil herausschnitt.
Ein zweiter Mann lag etwas abseits, doch er bewegte sich nicht mehr. Die Frauen hatten schon begonnen, ihn zu beklagen, und schon bald würden sie sich in ihrer Trauer um den Toten mit Messern Wunden beibringen, sich die Haare abschneiden und sich mit Asche einreiben.

»Was ist geschehen?« fragte Wolfsbruder einen der jungen Männer.
»Es waren die Fremden. Sie haben ein paar unserer Pferde gestohlen und einen unserer Männer getötet. Wir hätten sie vertreiben sollen, bevor sie uns das antun konnten.«
Die Männer trugen Schwarzer Hirsch zu seinem Zelt. Wolfsbruder folgte. Drinnen brannten Fackeln, als sie den Häuptling auf die Häute legten. Das Gesicht des alten Mannes sah aus wie ein Totenkopf – es war hart und knochig in diesem grellen Licht. Seine Augen waren dunkel und verschleiert und lagen tief in den Höhlen. Schweiß rann ihm über das Gesicht. Blut und Schweiß tränkten sein Hemd aus Hirschleder.
»Ich bin nicht länger Häuptling«, sagte er mit einer harten und lauten Stimme, die klang, als presse er die Worte zwischen zusammengebissenen Zähnen hervor. »Ich habe es zugelassen, daß die Räuber uns überraschten. Ich bin zu alt, und meine Knochen schmerzen zu sehr. Mein Sohn, Junger Büffel, ist Kriegshäuptling. Hört auf seine Worte!«
Er sank zurück und schloß die Augen. Seine Frau und seine Töchter versammelten sich um ihn, als die Männer hinausgingen. Junger Büffel hob seine Lanze auf und hielt sie in die Luft.
»Ich werde unsere Feinde aufspüren!« rief er. »Wer reitet mit mir?«
Die Krieger stießen Schreie aus und hoben ihre Waffen. Wolfsbruder stand abseits, während sie herumrannten, Lebensmittel und Waffen holten und die übriggebliebenen Pferde zusammentrieben.
Schattenfuchs kam und legte die Hand auf Wolfsbruders

Schulter. »Wolfsbruder, du bist der Herr in unserer Behausung, während ich weg bin!«
»Ich will mitkommen«, sagte Wolfsbruder, aber er sagte es ohne Hoffnung. Er wußte, daß er nicht mitgehen konnte.
»Tante Taube braucht dich hier. Paß gut auf, bis ich zurückkehre!«
Schattenfuchs sprang auf sein Pferd, und das Tier bäumte sich halb auf, während es herumwirbelte. Andere Pferde galoppierten mit ihren Reitern zwischen den Tipis hin und her, Hunde rannten durcheinander, bellten und heulten und wichen den wirbelnden Hufen aus. Männer schrien und schlugen auf ihre Lederschilde. Junger Büffel ritt auf seinem schweren roten Pferd voraus. Mit einem wilden Schrei trieb er es an. Alle Pferde und alle Krieger jagten aus dem Dorf und verschwanden in der Morgendämmerung.
Ein Funkenschauer stob aus dem Feuer und erstarb. Ein kühler Wind fegte durch das Lager und rüttelte an den Eingangsklappen der Tipis. Die Frauen weinten und klagten, während sie den toten Krieger zur Bestattung herrichteten.
Wolfsbruder schaute zu dem Licht, das im Osten aufstieg. Es war kalt und weit fort und brachte keinen Trost. Er ging in sein Tipi und wickelte sich in seine Felle ein, doch der Schlaf wollte nicht kommen.

5

Tage vergingen, und die Männer kehrten nicht zurück. Da der Frühling noch so jung war, gab es fast keine Nahrung in den Tipis. Die Wintervorräte waren fast verbraucht und noch nicht ersetzt worden. Wolfsbruder, Geflecktes Pony, die anderen Jungen und die alten Männer gingen jeden Tag auf die Jagd.

Manchmal kamen sie mit Kaninchen, mit Eichhörnchen oder mit Vögeln zurück. Doch das Dorf war groß, und von diesen kleinen Beutetieren wurden nicht alle satt. Die Frauen fischten im Fluß und gruben alles aus, was sie an frühen Wurzeln finden konnten.

Wolfsbruder fiel auf, daß Tante Taube weniger aß als gewöhnlich. »Bist du krank, Tante?« fragte er.

»Nein«, sagte sie. »Ich bin zu fett. Wenn ich weniger esse, dann werde ich magerer.«

Er wußte, daß sie noch nie zuvor der Meinung gewesen war, sie sei zu fett. In Wirklichkeit war sie stolz gewesen auf ihren Leibesumfang und hatte vor den anderen Frauen im Dorf manchmal geprahlt: »Schattenfuchs ist so ein guter Mann. Schaut, wie gut er seine alte Tante ernährt. Ich esse soviel ich kann, und immer ist noch etwas übrig.«

Wolfsbruder wußte, daß sie weniger aß, weil das Essen knapp wurde. Er jagte den ganzen nächsten Tag über, doch er kam ohne die geringste Beute zurück. An diesem Abend aß er nur ein wenig von dem, was im Topf war.

»Iß mehr!« sagte Tante Taube. »Du wächst noch, und du brauchst mehr als dieses Bißchen.«

»Ich habe keinen Hunger.«

Tante Taube seufzte und griff in den Topf. Sie holte ein großes Stück Fleisch hervor und schob es ihm in den Mund. »Noch einen Bissen, Wolfsbruder. Du mußt stark genug bleiben, damit du auf die Jagd gehen kannst. Ich gehe morgen wieder fischen, und vielleicht fange ich dieses Mal etwas. Und bald werden die Männer zurück sein.«

Im Dorf war es still geworden. Die Kinder spielten ruhige Spiele; die Kleinen waren quengelig und weinten bei jeder Gelegenheit. Die Dorfhunde waren nie fett gewesen, aber jetzt waren sie noch dünner als jemals zuvor. Niemand gab ihnen mehr Reste, und einige von ihnen verschwanden, vielleicht, um sich selbst Nahrung zu suchen. Nur die Pferde hatten keine Not zu leiden. Es gab soviel Gras, wie sie nur wollten.

Tante Taube sang und schwatzte nicht mehr beim Nähen. Sie ging ein wenig vornübergebeugt, und Wolfsbruder wußte, daß ihr der Magen vom Hunger schmerzte. Auch er hatte manchmal Magenschmerzen, obwohl er versuchte so zu tun, als wäre nichts. Mehrmals am Tag kletterte jemand auf den Hügel beim Dorf, um nach den Kriegern Ausschau zu halten. Doch sie kamen immer wieder herunter, ohne etwas gesehen zu haben.

Eines Tages, spät am Nachmittag, verriet der Chor der Hunde, daß jemand nahte. Wolfsbruder und Tante Taube liefen mit den anderen zusammen hinaus, um zu sehen, wer es sein mochte.

Es war Schweifender Blick, allein und ohne Pferd.

Es war das erste Mal, daß er mit den Männern auf einen Kriegszug gegangen war, und nun kam er vor allen anderen und zu Fuß zurück. Er war müde und schmutzig und durchgeschwitzt.

»Wo sind die Männer?« fragte Krummes Bein.

»Sie jagen immer noch die Pferdediebe. Mein Pferd ist gefallen und hat das Bein gebrochen. Es hätte die anderen aufgehalten, wenn eines der Pferde zwei Reiter hätte tragen müssen. Ich bin zurückgekehrt, damit sie schneller vorwärtskommen.«

Schweifender Blick ging mit seinem Vater, der Mutter und

den drei kleinen Schwestern zu seinem Tipi. Seine Füße mußten schmerzen. Er hinkte fast genausosehr wie Krummes Bein. Wolfsbruder konnte nicht sehen, ob Schweifender Blick ihn angeschaut hatte oder nicht, denn beide Augen schauten in verschiedene Richtungen.

Geflecktes Pony und Wolfsbruder gingen jeden Tag zusammen auf die Jagd. Es war, als ob Geflecktes Pony jeden Tag ein bißchen stiller und bedrückter würde.
»Du mußt sehr hungrig sein«, sagte Wolfsbruder schließlich. »Komm heute abend zu uns. Wir haben immer noch genug, um dir etwas abzugeben.«
»Nein, wir haben noch zu essen. Aber mir gefällt nicht, was Schweifender Blick und seine Familie über dich sagen. Immer mehr Leute hören ihnen zu.«
»Und was sagen sie?« fragte Wolfsbruder.
»Sie sagen, es sei deine Schuld, daß wir hungrig sind. Wenn du den Wölfen letzten Winter nicht so viel Fleisch gegeben hättest, dann hätten wir jetzt mehr getrocknetes Fleisch. Und Schweifender Blick läßt sie nicht vergessen, was er geträumt hat. Dieser Traum ist jetzt wichtiger als jemals zuvor.«
Ein bohrender Schmerz, stärker als jeder körperliche Schmerz, überfiel Wolfsbruder. Er war erfüllt von Liebe und Treue für die Wölfe, aber auch für die Menschen. Er war immer glücklich gewesen, daß er zu zwei Familien gehörte, und die eine war so wichtig wie die andere. Jetzt wurde er fast gezwungen, sich für die eine oder die andere zu entscheiden. Das würde nicht leicht werden.

Die Bewohner des Dorfes lebten in einer besonderen Gemeinschaft. Jeder war für jeden da. Sie hingen ganz und gar voneinander ab – gleich, ob es Nahrung, Obdach, Geselligkeit, Krankenpflege oder Alter betraf.
Die Leute verließen die eigene Gruppe selten, außer, sie heirateten in eine andere ein. Sie suchten keine neuen Freunde, blieben dort, wo sie hingehörten, wo ihre Eltern und Großeltern und Urgroßeltern gewesen waren. Jeder kannte jeden, und jeder kannte seine Geschichte und die der Familie des anderen. Wirklich wichtige Ereignisse, die die ganze Gruppe betrafen, wurden auf Lederkarten niedergeschrieben, die man »Winterzähler« nannte. Vom wichtigsten Ereignis jeden Jahres wurde ein Bild gemalt. Das konnte eine Mondfinsternis sein, der Tod eines Häuptlings, ein Sieg über einen anderen Stamm. Jedes Jahr hatte sein eigenes Symbol.
Außerdem machte man noch Lieder und Geschichten über außergewöhnlich mutige Taten oder eine besondere Zauberkraft, große Jagden und Kriege. Manche Krieger, die schon gestorben waren, bevor die älteste Großmutter geboren wurde, lebten in der Erinnerung immer noch, denn die Geschichte ihrer Taten wurde wieder und wieder erzählt. Die Lieder und die Legenden waren wie Fäden, dünne, aber starke Fäden, die die Gruppe fest zusammenhielten. Alte Geschichten umgaben die Leute wie Spinnweben und verbanden sie untereinander und mit ihrer Vergangenheit.
Nur Wolfsbruder war ausgeschlossen; denn er war ein Findling, gefunden in einem Wolfsbau, weder Tier noch Mensch, sondern irgend etwas dazwischen.

Ein Tag verging, dann fragte er Geflecktes Pony: »Was reden sie jetzt über mich?«
Geflecktes Pony antwortete nicht.
»Sag mir«, bat Wolfsbruder. »Ich muß es wissen.«
»Nicht alle reden so. Aber einige sagen, man solle dich aus dem Dorf jagen. Wenn du die Wölfe so liebst, dann solltest du immer mit ihnen leben. Sie sagen, du hättest diese schlimmen Zeiten gebracht.«
Ich frage mich, ob sie recht haben, dachte Wolfsbruder. Vielleicht war ich dazu ausersehen, bei den Wölfen zu bleiben, und Schattenfuchs war im Unrecht, mich hierherzubringen. Wenn die Geister mich zu den Wölfen gebracht haben, dann sind sie vielleicht böse, daß ich von dort weggegangen bin. Vielleicht sollte ich zurückkehren. Manche Leute würde ich gern verlassen, aber wie kann ich Geflecktes Pony, Schattenfuchs und Tante Taube verlassen? Sie wollen nicht, daß ich weggehe, und ich würde sie vermissen, obwohl ich zurückkommen und sie besuchen könnte.
Warum muß ich diese Wahl treffen? Warum wurde ich nicht im Dorf geboren so wie Geflecktes Pony und alle anderen? Warum weiß ich nicht ganz klar, wo mein Platz ist? Ich bin der einzige im Dorf, der nicht weiß, wo er wirklich zu Hause ist.
Als die Jungen ins Lager zurückkehrten, hörten sie von dort Wehklagen. Wolfsbruder rannte zu seinem Tipi.
»Was ist passiert?« rief er Tante Taube zu.
»Es ist die Großmutter von Roter Vogel. Man dachte, sie würde essen, aber statt dessen hat sie alles aufgespart. Sie hat das Essen unter ihrer Decke versteckt, und dort hat man es gefun-

den, nachdem sie tot war. Ich gehe jetzt zu ihr hinüber. Du bleibst hier, bis ich zurückkomme. Einige törichte Leute sagen, du seist schuld.«

»Ich weiß«, sagte Wolfsbruder mit leiser Stimme.

Tante Taube umarmte ihn. »Es ist nicht deine Schuld, Wolfsbruder, und die meisten wissen das. Aber es gibt immer ein paar, die gern andere verantwortlich machen, wenn etwas böse ausgeht.«

Als sie weg war, schaute Wolfsbruder in den Topf. Sonst brodelte dort gewöhnlich ein dicker Fleischeintopf. Aber jetzt war darin nur eine dünne, wäßrige Suppe, die fast nur aus Wurzeln und getrockneten Blättern bestand. Die Jagd hatte ihn sehr hungrig gemacht. Doch der Schmerz, den er jetzt in seinem Magen spürte, kam nicht von der Leere, und er konnte nicht essen.

Er saß mit gekreuzten Beinen auf seinem Fell. Wenn nur Schattenfuchs und die anderen zurückkämen, dann wäre vielleicht alles wieder in Ordnung.

Aber noch ein langer Tag verging, und die Männer kehrten nicht zurück. Wolfsbruder und Geflecktes Pony gingen wieder auf die Jagd und kamen wieder mit leeren Händen heim. Schweifender Blick, Kleiner Adler, Blaues Hemd und ein paar andere Jungen standen beieinander und unterhielten sich. Als die beiden vorbeigingen, verstummten sie, aber ihre Augen durchbohrten Wolfsbruder wie scharfe Klingen.

»Wolfsbruder, geh zurück zu den Wölfen!« zischte Schweifender Blick hinter ihnen her.

»Geh zurück zu den Wölfen!« wiederholte ein kleiner Junge. Mehrere von den Kleinen folgten Wolfsbruder, als er zu sei-

nem Tipi ging. »Geh zu den Wölfen«, sangen sie. »Geh zu den Wölfen. Dann haben wir wieder zu essen.«
Wolfsbruder wäre am liebsten gerannt, aber er ging langsam weiter, ohne sich zu beeilen. Einige Erwachsene sahen zu, aber keiner hielt die Jungen davon ab, ihn zu quälen. Als er die Klappe zu seinem Tipi hob, drehte er sich zu Geflecktes Pony um. Sie sahen sich wortlos an. Die Feindseligkeit war für Geflecktes Pony genauso schlimm wie für Wolfsbruder selbst, und keiner konnte dem anderen helfen.
Wolfsbruder trat in die schattige Sicherheit seines Tipis und schloß die Klappe. Die Jungen rannten noch ein paar Minuten lang draußen herum, und nach einer Weile gingen sie weg.

Im grauen Licht des frühen Morgens wurde Wolfsbruder durch Schreie und Wehklagen geweckt. Er setzte sich auf und blickte hinüber zu Tante Taube. Sie hatte tiefe Schatten unter den Augen, und ihre einst vollen Wangen sahen eingefallen aus.
»Ich will nachsehen, wer gestorben ist«, sagte sie und verließ das Zelt. Ein paar Minuten später streckte sie den Kopf herein. »Es ist das Neugeborene von Gelber Mantel. Das Kind war schon von Geburt an schwach. Schlaf weiter, wenn du kannst. Ich muß den Frauen helfen.«
Aber Wolfsbruder schlief nicht mehr ein. Sobald sie weg war, zog er seine Mokassins an. Das Feuer war über Nacht ausgegangen, doch er aß ein bißchen kalte Suppe. Er wußte, was er tun mußte.
Alles war ruhig, abgesehen von der Totenklage der Frauen

am anderen Ende des Dorfes. Zwei dürre Hunde hoben den Kopf, als er vorbeiging, aber keiner von beiden bellte. Die Sonne war noch nicht aufgegangen, aber ein Streifen von goldenem Licht trennte den Himmel von den Bergen im Osten. Wolfsbruder nahm Gisapa und ritt in die Hügel.

6

Wolfsbruder ritt zu einem hohen Hügel. Unten band er Gisapa an einem Baum fest, und dann kletterte er hinauf. Der Hügel war oben ganz kahl. Nur ein paar große Felsen und Steinbrocken lagen herum.
Als er auf dem Gipfel angekommen war, ging die Sonne auf, und sie barst in einer Flut gelben Lichts über den Hügeln. Im Tal lagen immer noch lange purpurne Schatten, doch die höhergelegenen Stellen waren in Wärme und Farbe getaucht.

Ein klarer und kalter Morgenwind hüllte Wolfsbruder ein. Er wußte, daß er nicht allein war. Er spürte die Nähe der Luft- und Berggeister. Er fühlte, wie sie sich bewegten und wie sie seufzten, und er wußte, daß sie so klar und so kalt waren wie der Wind. Er sagte ein Gebet, um ihre Aufmerksamkeit zu erwecken; um sie wissen zu lassen, daß er da war und daß er und die Leute aus dem Dorf ihre Hilfe brauchten.
Der Wind verschwand. Vielleicht verschwanden auch die Geister. Kein Geräusch war in dieser morgendlichen Welt zu hören.
Wolfsbruder legte den Kopf zurück, reckte den Hals und heulte. Als er noch klein gewesen war, hatte sein Heulen ganz leise und wie ein Gurgeln geklungen – wie eine komische Nachahmung einer Wolfsstimme. Doch jetzt war es ein wirkliches Wolfsgeheul, langgezogen, laut und furchterregend. Es hallte von der Bergspitze und erfüllte den ruhigen Morgen. Es zog über das Gras und durch die Bäume, senkte sich in Schluchten und verteilte sich wie Staub über das Land.
Er heulte noch zweimal, und dann lehnte er sich mit dem Rücken an den größten Felsen und wartete. Die Wölfe hörten seine Rufe. Sie vernahmen seine Nachricht und gaben sie an die anderen weiter, die Wolfsbruders Ruf nicht hören konnten. Es war eine besondere, eine dringende Nachricht, die bedeutete, daß sie kommen sollten, weil Wolfsbruder sie brauchte.
Und einer nach dem anderen kam. Wolfsvater und Wolfsmutter kamen zuerst, dann kamen Wolfsschwester und Schwarzfuß. Sie berührten sich gegenseitig an der Nase, und die Wölfe wedelten mit dem Schwanz. Sie waren außer Atem

und legten sich hin, um auf die anderen zu warten. Den ganzen Morgen über trafen Wölfe ein, schattenhafte Gestalten mit metallisch glitzernden Augen. Langsam füllte sich der Hügel.

Wolfsbruder begrüßte jeden einzelnen. Als sie alle versammelt waren, kletterte er auf einen Felsen und sprach zu ihnen. Er sagte ihnen, daß die Fremden das Dorf überfallen hatten. Doch die Wölfe wußten das schon. Sie wußten fast immer, was in ihrem Revier vor sich ging. Wolfsbruder erklärte ihnen, daß alle Jäger unterwegs waren, um die Räuber zu verfolgen, und daß es im Dorf fast nichts mehr zu essen gab. Er sagte ihnen, daß die Leute langsam verhungerten. Er erinnerte sie an die vielen Male, wo er und Schattenfuchs ihnen Fleisch gebracht hatten. Jetzt brauchte er ihre Hilfe.

Ein Wolf nach dem anderen kam und berührte Wolfsbruders Nase mit der seinen. Sie sagten ihm, er solle sich keine Sorgen machen, sie würden tun, was sie könnten. Dann gingen sie wieder. Als der letzte weg war, sprach Wolfsbruder noch ein kleines Gebet. Diesmal dankte er den Geistern, daß sie seine Worte gehört hatten.

Er stieg zu seinem Pferd hinab und ritt zurück. Als er ins Dorf kam, sah er, daß alle in Sorge waren. Sie standen in kleinen Gruppen herum, unterhielten sich leise, und als er sich näherte, drehten sie sich um und schauten ihn verdrossen an.

»Alles wird gut werden!« rief er der ersten Gruppe zu. »Ich habe mit den Wölfen gesprochen, und sie werden uns zu essen bringen.«

Er konnte sehen, daß sie ihm nicht glaubten.

»Es ist wahr!« rief er. »Wir haben den Wölfen früher geholfen

und ihnen Nahrung gebracht, und jetzt werden sie uns helfen.«
Keiner sprach. Sie sahen ihn nur mit harten und dunklen Augen an.
»Ich komme eben vom Versammlungshügel zurück. Sie sind alle gekommen, als ich sie gerufen habe. Sie werden uns helfen.«
»Geht und holt Tante Taube«, sagte eine von den alten Frauen. »Der Hunger hat ihn verrückt gemacht. Die Wölfe helfen keinem!«
»Ich bin nicht verrückt. Denkt daran, die Wölfe sind meine Brüder!«
»Dann geh doch und lebe mit ihnen!« sagte Schweifender Blick. »Du bringst uns nur Unglück.«
»Du bist halb Wolf, halb Mensch«, sagte Krummes Bein. »Seit du gekommen bist, geschehen ständig schlimme Dinge.« Seine Hand rieb am Schenkel seines lahmen Beines auf und ab. Wolfsbruder sah Geflecktes Pony aus seinem Tipi kommen, und er rannte zu ihm hinüber. »Geflecktes Pony, ich habe mit den Wölfen gesprochen, und sie werden uns Nahrung bringen. Du glaubst mir doch?«
Geflecktes Pony schaute ihn lange an. »Ja, ich glaube dir. Wenn du es sagst, dann stimmt es.«
Schweifender Blick lachte rauh. Die anderen schüttelten die Köpfe und wandten sich ab. Tante Taube kam schnaufend heran. »Was ist los? Was sagst du da?«
»Ich habe mit den Wölfen gesprochen. Sie werden uns Nahrung bringen. Tante Taube, du mußt mir glauben!«
Sie schaute ihn traurig an. »Ich wollte, Schattenfuchs käme

nach Hause. Warum bleiben sie so lange weg? Sie müssen doch wissen, daß wir hungrig sind. Komm herein, Kleiner! Es ist noch ein wenig Suppe da.«

An diesem Abend versammelten sich alle Dorfbewohner. Nur Wolfsbruder blieb im Tipi. Tante Taube ging eine Weile weg, und als sie zurückkam, sah sie trauriger aus als zuvor.

»Sie reden über mich«, sagte er.

»Ja. Der Hunger macht alle böse und unglücklich. Immer mehr sagen, du sollst das Dorf verlassen. Aber mach dir keine Sorgen. Du hast immer noch viele Freunde.«

»Morgen wird alles gut werden«, sagte Wolfsbruder.

Tante Taube seufzte und bedeckte ihren Kopf mit ihrem Fell.

Früh am nächsten Nachmittag heulte Wolfsvater vom Kamm des Hügels. Wolfsbruder rannte aus seinem Tipi.

»Sie sind gekommen!« rief er. »Die Wölfe sind gekommen!« Er lief durch das Dorf. »Folgt mir! Jetzt haben wir zu essen!«

Die Leute kamen aus ihren Tipis und sahen ihn an, einige traurig, andere mit kalten, feindlichen Augen. Auf dem Gesicht von Schweifender Blick lag ein schiefes, triumphierendes Lächeln. »Kleiner Wolfsbruder, du bist verrückt geworden. Keiner wird mit dir gehen.«

Geflecktes Pony kam heran. »Ich werde mit dir gehen.«

Die beiden Jungen rannten zum Dorf hinaus und kletterten den Hügel hinauf. Wolfsvater und drei weitere Wölfe saßen in einer Reihe. Ihre langen, roten Zungen hingen heraus. Sie sahen müde, stolz und glücklich aus. Vor ihnen lag ein Haufen Wild: Kaninchen, Vögel, Mäuse und Eichhörnchen.

Wolfsbruder stieß einen Freudenschrei aus. Er umarmte die Wölfe, und sie leckten sein Gesicht. Dann gingen sie weg. Wolfsbruder und Geflecktes Pony nahmen ein Tier in jede Hand und rannten den Hügel hinab zum Dorf. Ein kleines Mädchen sah die Tiere als erstes.

»Seht doch!« rief es. »Er hat ein Kaninchen! Und einen Vogel!«

»Auf dem Hügel liegt noch mehr. Geht und schaut es euch an!« rief Wolfsbruder.

Schnaufend kletterte Tante Taube hinauf, gefolgt von Viele Büffel und ein paar anderen. Wolfsbruder brachte das Wild in sein Tipi und rannte zurück.

Viele Büffel war bei dem Wild angelangt. Er nahm eins der Tiere und hob es hoch über seinen Kopf. »Wolfsbruder hat recht! Die Wölfe haben uns Nahrung gebracht!« rief er.

Die anderen waren ihm auf den Hügel gefolgt. Einige riefen im Vorüberrennen Wolfsbruder ihren Dank zu. Doch manche gingen langsam und mißmutig, mit bösen Gesichtern und schlurfenden Füßen. Nur der Hunger trieb sie hinauf.

Schweifender Blick, Eulenfeder und Krummes Bein blieben im Dorf. Sie verschwanden in ihren Tipis und schlossen die Klappen. Eine der kleinen Schwestern von Schweifender Blick kam auf den Hügel und packte zwei Eichhörnchen. Eines davon brachte sie zu ihrem eigenen Zelt und das andere zur Familie von Eulenfeder, doch die Männer kamen nicht heraus.

»Ich verstehe es nicht«, sagte Wolfsbruder zu Tante Taube. »Ich dachte, sie würden sich freuen. Die Wölfe haben uns geholfen, so wie sie es versprochen haben. Warum freuen sie sich nicht?«

»Manche Leute haben lieber recht, als daß sie etwas zu essen bekommen«, sagte Tante Taube bitter. »Es ist schwer, zuzugeben, daß man sich geirrt hat. Aber daran wollen wir heute abend nicht denken. Wir werden statt dessen an den köstlichen Kanincheneintopf denken. Komm, Wolfsbruder, ich bin sehr stolz auf dich.«

Wolfsbruder ging mit ihr, aber das Glück, das er eben noch in seinem Innern gefühlt hatte, war zu Klumpen geronnen. Er wußte, daß es harte Arbeit für die Wölfe gewesen war, das Wild zu fangen. Viele von ihnen würden heute abend hungrig sein, damit die Leute im Dorf zu essen hatten. Die Wölfe machten sich nichts aus den Dorfbewohnern, aber sie machten sich etwas aus ihm, und welch größeren Beweis ihrer Zuneigung konnte er erwarten, als daß sie ihm ihre eigene Beute brachten.

Die Wölfe sind besser als die Menschen, dachte er.

Aber dann fiel ihm ein, daß es ja Schattenfuchs gewesen war, der als erster seine Jagdbeute mit den Wölfen geteilt hatte. Viele Büffel, der alte Häuptling Schwarzer Hirsch und sein Sohn, Junger Büffel, hatten ihnen auch etwas gegeben. Sie waren immer der Ansicht gewesen, Wolfsbruders Verwandtschaft mit den Wölfen sei eine gute Medizin. Sie glaubten, daß es den Geistern gefiel, wenn sie die Wölfe fütterten, und daß die Geister ihnen freundlich gesinnt sein würden, wenn sie selbst einmal Hilfe brauchten.

Tante Taube machte Späße und sang, während sie das Kaninchen kochte, und schließlich lächelte auch Wolfsbruder. Tante Taube versuchte ihr Bestes, ihn froh zu stimmen.

Es wäre undankbar gewesen, nicht darauf einzugehen.

»Wenn ich dich nicht hätte und Schattenfuchs und Geflecktes Pony, dann würde ich heute nacht weggehen und für immer bei den Wölfen bleiben«, sagte er.
»Ich bin nicht überrascht, daß du das sagst«, antwortete Tante Taube. »Ich wußte, daß du darüber nachdenkst. Aber wenn du dich jemals entschließt wegzugehen, dann sprich zuerst mit Schattenfuchs.«
»Das verspreche ich.«
»Jetzt können wir essen«, sagte Tante Taube.
Die Männer kamen zwei Tage später zurück. Sie kamen spät am Tag, waren müde, staubig und verschwitzt. Sie brachten die gestohlenen Pferde nicht zurück, sie hatten die Diebe nicht erwischt. Sie hatten jedoch auf dem Heimweg gejagt, und so gab es im Dorf wieder zu essen.
Alles schien wieder normal zu verlaufen, doch Wolfsbruder wußte, daß es nicht so war.
Die Jungen schlossen ihn nur ungern in ihre Spiele und Wettkämpfe ein. Sie ließen ihn mitspielen, wenn er es wollte, aber von sich aus forderten sie ihn nicht mehr auf mitzumachen. Nur Geflecktes Pony und Brauner Bär waren seine Freunde, und Brauner Bär war launisch. Seine Mutter wollte nicht, daß er mit Wolfsbruder spielte, und deswegen war er oft ärgerlich und verwirrt.
Schattenfuchs hörte zu, während Wolfsbruder ihm erzählte, was während seiner Abwesenheit geschehen war. »Was du auch tust, man kann es nicht jedem recht machen«, sagte er. »Du kannst nur das tun, was du für richtig hältst, und die meisten Leute werden es verstehen. Und um die anderen darfst du dich nicht kümmern!«

Er zog an seiner Pfeife. »Was hast du gedacht, als Schweifender Blick allein zurückkam?«
»Er sagte, sein Pferd hätte sich ein Bein gebrochen, und er hätte euch aufgehalten, wenn er auf dem Pferd eines anderen Mannes mitgeritten wäre. Er sei umgekehrt, damit ihr schneller vorwärtskämt.«
»Er hat das Pferd durch seine eigene Torheit zu Fall gebracht. Er konnte nicht mithalten. Er wollte eine Abkürzung benutzen, um uns einzuholen, und er sprang mit seinem Pferd über eine Felsspalte. Sie war zu breit, und er tötete sein Pferd. Es gibt vieles, was Schweifender Blick nicht gut kann. Er versteht nichts von Pferden. Er ist nicht stark. Er kann nicht gut mit Pfeil und Bogen schießen, weil er nicht gut sehen kann. Er wird nie ein großer Jäger oder ein großer Krieger. Hast du es nie seltsam gefunden, daß er seine Zeit mit Eulenfeder verbringt und mit anderen Jungen, die viel jünger sind als er? Schweifender Blick ist alt genug, um seinen Platz unter den Männern einzunehmen, und trotzdem drückt er sich noch immer bei den Jungen herum. Er kann bei den jungen Männern seines Alters nicht mithalten.«
Wolfsbruder war erstaunt. Solche Gedanken waren ihm nie gekommen. Schweifender Blick war größer und älter als er, deshalb war ihm das nie aufgefallen. Aber es stimmte: Schweifender Blick war zwar groß, aber mit Gleichaltrigen zusammen war er unbeholfen und verlegen.
»Schweifender Blick muß für seine Familie sorgen, seit sein Vater es nicht mehr kann«, fuhr Schattenfuchs fort. »Er hat keine Brüder, und drei kleine Schwestern und eine Mutter müssen versorgt werden. So wie alle anderen sucht Schwei-

fender Blick Anerkennung und einen Platz in der Gruppe. Wenn er sie als Jäger und als Krieger nicht finden kann, so hofft er, daß es ihm als Medizinmann gelingt. Er meint, daß du ihm im Weg stehst.«

»Ich weiß nicht, ob ich ein Medizinmann werden kann«, sagte Wolfsbruder.

»Ich weiß es auch nicht«, sagte Schattenfuchs. »Ich glaube nicht, daß ein Mann sich diese Aufgabe aussuchen kann. Ich glaube, die Geister suchen den Mann aus. Schweifender Blick weiß das vielleicht noch nicht.«

»Meinst du, es würde helfen, wenn ich mit Schweifender Blick rede und ihm sage, daß ich ihm nicht im Weg stehe?«

Schattenfuchs schüttelte den Kopf. »Nein. Schweifender Blick hat viele Schwierigkeiten, und für alles macht er dich verantwortlich. Er würde nicht auf dich hören.«

»Was kann ich dann tun?«

»Wir werden abwarten müssen«, sagte Schattenfuchs.

Warten! Es war so ungerecht! Alle machten ihn immer für alles verantwortlich, was böse ausging.

»Ich will nicht warten!« sagte Wolfsbruder wütend. »Was wollen sie denn noch von mir? Ich habe die Leute im Dorf mit Nahrung versorgt, als sie hungrig waren, sogar Schweifender Blick, der immer nur häßlich zu mir war. Warum ist er nicht dankbar? Ich hätte dafür sorgen können, daß die Wölfe nur mir und Tante Taube und Geflecktes Pony etwas zu essen bringen, und ich hätte alle anderen verhungern lassen können. Das hätte ich machen sollen ... ich hätte sie verhungern lassen sollen.«

»Du hast Grund, böse zu sein«, sagte Schattenfuchs.

»Wenn die Dinge sich nicht bald bessern, dann bleibe ich nicht hier. Ich muß nicht hier leben. Ich kann zu den Wölfen zurückgehen.«

»Das ist richtig«, sagte Schattenfuchs. »Aber es ist eine sehr ernste Entscheidung. Du mußt dir genau überlegen, ob du als Wolf oder als menschliches Wesen leben willst.«

7

Es war der heißeste Teil des Sommers. Den ganzen Tag schien die Sonne. Der Himmel selbst leuchtete. Er hatte fast die Farbe von Silber, und es schmerzte in den Augen, wenn man ihn anschaute.

Nur im Wasser war es kühl. Wolfsbruder und Geflecktes Pony schwammen im Fluß in der Nähe des Dorfes. Sie ließen sich still auf dem Rücken dahintreiben und schauten hinauf in die Bäume über ihnen. Die anderen Jungen aus dem Dorf

lachten und plantschten geräuschvoll am anderen Ufer. Brauner Bär war bei ihnen.
Plötzlich hörten sie Rufe. Sie richteten sich auf und sahen zwei Mädchen, die am Ufer entlang auf sie zugerannt kamen.
»Wolfsbruder! Wolfsbruder!« rief eine von ihnen.
Wolfsbruder mochte dieses Mädchen nicht sehr. Sie war älter als er, ziemlich kindisch, und sie machte immer wegen jeder Kleinigkeit ein großes Geschrei.
»Ja, Kleines Eichhörnchen. Ich höre dich.«
Die Mädchen blieben am Ufer stehen. Sie sahen aus, als wären sie weit gerannt, ihre Gesichter waren naß vor Schweiß. Einer der Zöpfe von Kleines Eichhörnchen hatte sich gelöst, und Zweige hingen in ihrem Haar. Das andere Mädchen trug einen leeren Korb in der Hand. Sie keuchten beide.
»Wolfsbruder!« rief Kleines Eichhörnchen. »Deine Wölfe versuchen, uns zu töten.«
Wolfsbruder schaute zu Geflecktes Pony. Der rollte mit den Augen und verzog das Gesicht.
»Die Wölfe tun dir nichts«, sagte Wolfsbruder.
»Diese hier haben es versucht. Sie kamen aus den Büschen gestürzt und jagten uns, und die ganze Zeit über knurrten und heulten sie.«
»Das ist wahr«, sagte das andere Mädchen, das Hübscher Vogel hieß. »So war es.«
»Ich kann euch nicht glauben«, sagte Wolfsbruder. »Kein Wolf würde einem Menschen etwas zuleide tun, erst recht nicht, wenn er aus diesem Dorf ist.«
»Aber dieser Wolf hat es versucht. Wir haben Glück gehabt, daß wir mit dem Leben davongekommen sind.«

»Zuerst sagt ihr ›diese Wölfe‹ und jetzt ›dieser Wolf‹«, meinte Geflecktes Pony. »Wie viele waren es nun?«
»Ein ganzes Rudel«, sagte Kleines Eichhörnchen.
»Einer«, sagte Hübscher Vogel.
»Wie viele?« fragte Wolfsbruder.
Beide Mädchen begannen zur gleichen Zeit zu reden, schrien sich an und unterbrachen sich gegenseitig.
Wolfsbruder spuckte angewidert ins Wasser. »Ich verstehe keine von euch. Ich glaube, die Sonne hat euch gestochen.« Er tauchte und schwamm zur anderen Seite des Flusses. Geflecktes Pony folgte ihm. Als sie wieder auftauchten, sahen sie die Mädchen zum Dorf rennen.
»Wir sollten auch gehen«, sagte Wolfsbruder. »Ihre Geschichte macht bestimmt alles noch schlimmer, als es schon ist.«
Es war kein guter Sommer. Da der Winter so trocken gewesen war, führten die Flüsse und Bäche, die normalerweise voll waren, nur wenig oder gar kein Wasser. Das Wild war rar und schwer zu finden. Die Früchte und Beeren waren klein, hart und sauer. Eine Krankheit ging durch das Dorf, und noch Wochen später waren viele schwach und matt. Es schien, als hätte sie alles Glück verlassen und als käme nur noch Unglück über sie. Die Dorfbewohner brachten den Geistern Spenden und Opfer, und sie beteten, aber die Geister hatten ihre Gesichter abgewandt und hörten sie nicht.
In Zeiten wie diesen waren selbst Leute, die immer noch freundlich zu Wolfsbruder gewesen waren, bereit, die Dinge zu glauben, die gegen ihn sprachen.
Als sie im Dorf ankamen, wurden Kleines Eichhörnchen und Hübscher Vogel von einigen Leuten umringt.

Sie stritten immer noch und unterbrachen sich gegenseitig, und jede versuchte, ihre Geschichte zuerst zu erzählen.
»Wir waren Beeren pflücken –«
»Wir hörten dieses schreckliche Heulen –«
»Ein ganzes Rudel Wölfe –«
»Es jagte uns eine Meile –«
»Sie versuchten, uns zu töten –«
»Wir wurden fast lebendigen Leibes gefressen!«
Ihr Großvater, Viele Büffel, hob die Hände. »Ruhe!« donnerte er. Kleines Eichhörnchen und Hübscher Vogel verstummten.
»Wo sind die Beeren, nach denen euch eure Mütter geschickt haben?«
»Wir haben sie verloren, als wir vor den Wölfen davonrannten.«
»Ich habe sogar meinen Korb verloren.«
»Ich glaube, ihr seid faule Mädchen, die keine Lust hatten, in der heißen Sonne Beeren zu pflücken. Ihr habt euch diese Geschichte als Entschuldigung ausgedacht.«
»Nein, nein! Es ist wirklich passiert! Wir hörten ein Knurren, und der Wolf kam auf uns zu –«
»Genug!« donnerte Viele Büffel. »Jedermann weiß, daß die Wölfe keinem aus diesem Dorf etwas zuleide tun. Sie sind mit Wolfsbruder verwandt. Erinnert ihr euch daran, wie sie uns vor vier Monden zu essen brachten? Und jetzt hört auf mit diesem törichten Geschwätz! Morgen geht ihr Beeren pflükken, und dann kommt ihr mit vollen Körben zurück! Und erzählt uns keine wilden Geschichten mehr, um eure Faulheit zu verstecken!«
Die Mädchen gingen still und mit gesenkten Köpfen weg. Als

Hübscher Vogel an Wolfsbruder vorbeiging, sah er Tränen in ihren Augen.
Später am Tag schaute Wolfsbruder Tante Taube zu, die vor dem Tipi saß und Pemmikan machte. Aus dem getrockneten Büffelfleisch wurden alle Sehnen und Knorpel entfernt, um es zart zu machen. Es wurde auf einem tellerförmigen Stein geklopft, mit Beeren vermischt und die Mischung in eine Falttasche gepackt. Diese Falttasche war aus gegerbter Haut, die auf einem Gestell getrocknet worden war. Wenn der Beutel mit Fleisch und Beeren gefüllt war, wurde geschmolzenes Fett darübergegossen. Dann wurde der Beutel für die Lagerung fest zugebunden.
Wolfsbruder lief beim Zusehen das Wasser im Mund zusammen. Von allen getrockneten Lebensmitteln aß er Pemmikan am liebsten.
Schattenfuchs kam und griff in den Kochtopf.
»Kleines Eichhörnchen und Hübscher Vogel haben heute eine wilde Geschichte erzählt«, sagte Wolfsbruder.
»Das habe ich gehört.«
»Viele Büffel sagte, sie lügen. Er sagte, sie sind zu faul gewesen, um in der heißen Sonne Beeren zu pflücken, und hätten sich deshalb eine Entschuldigung ausgedacht.«
»Das wäre möglich«, sagte Schattenfuchs. »Kleines Eichhörnchen ist oft töricht.«
»Hübscher Vogel ist vernünftiger. Sie hatte Tränen in den Augen, als ihr Großvater sie beschuldigte.«
»Glaubst du, daß sie tatsächlich von einem Rudel Wölfe gejagt wurden?« fragte Schattenfuchs.
»Nein, so etwas würde nie geschehen. Und doch ...«

Schattenfuchs aß noch etwas. »Du lernst, mein Sohn. Glaube nie, was dir jemand sagt. Doch vergiß nicht, daß alles möglich ist. Wenn du den schmalen Grat zwischen dem, was du glaubst, und dem, was du nicht glaubst, gehen kannst, dann bist du ein weiser Mann.«

Am nächsten Morgen ging Wolfsbruder zum Zelt von Hübscher Vogel. Er rief nach ihr, und sie kam heraus und sah ihn böse an.

»Was willst du?«

»Ich möchte, daß du mir zeigst, wo ihr gewesen seid, als euch die Wölfe jagten.«

»Du hast gesagt, du glaubst uns nicht.«

»Es ist schwer, euch zu glauben, aber ich möchte die Stelle gern sehen.«

»Ich muß heute Beeren pflücken.«

»Hol deinen Korb, dann gehen wir.«

»Ich will nicht mehr an die Stelle gehen, wo wir den Wolf gesehen haben.«

»Also war es nur einer? Aber das ist nicht mehr wichtig. Heute morgen wird kein Wolf dort sein. Außerdem bin ich bei dir, und du weißt, daß wir – die Wölfe und ich – eine Familie sind.«

»Kleines Eichhörnchen soll auch mitkommen.«

Wolfsbruder runzelte unwillig die Stirn. Er wäre lieber ohne sie gegangen, aber er wußte, daß sie ihrem Großvater gehorchen mußte.

Kleines Eichhörnchen wollte nicht mitkommen. Sie blieb

mißmutig neben ihrem Zelt stehen, nachdem Hübscher Vogel sie herausgerufen hatte. Aus den Augenwinkeln warf sie Wolfsbruder einen Blick zu. »Die Schwester von Schweifender Blick hat mir gesagt, daß du mit den Wölfen zusammen das Dorf zerstören wirst.«
Hübscher Vogel antwortete, bevor Wolfsbruder antworten konnte. »Großvater hat dir befohlen, du sollst nicht auf die anderen hören. Schweifender Blick ist eifersüchtig auf Wolfsbruder. Willst du ihm glauben oder deinem Großvater?«
»Ich kann den Traum von Schweifender Blick nicht vergessen. Träume sind wichtig, besonders wenn man seine Vision sucht.«
Wolfsbruder war die ganze Geschichte so leid, daß er nicht mehr ärgerlich werden konnte. »Die Wölfe tun dem Dorf nichts zuleide. Jetzt kommt und zeigt mir, wo ihr gestern den Wolf gesehen habt.«
»Vielleicht ist er immer noch da und wartet darauf, uns anzugreifen.«
Wolfsbruder seufzte und warf Hübscher Vogel einen Blick zu.
»Ich vertraue Wolfsbruder«, sagte sie. »Außerdem befiehlt Großvater, daß wir gehen müssen. Also gehe ich. Wenn du nicht mitkommst, wirst du ihm erklären müssen, warum nicht.«
Sie nahm ihren Korb und machte sich auf den Weg. Wolfsbruder folgte. Nach einer Weile kam Kleines Eichhörnchen hinterher. Geflecktes Pony gesellte sich zu ihnen. Die vier gingen fast eine Meile, und dann deutete Kleines Eichhörnchen nach vorn.

»Schaut! Dort ist die Stelle, wo ich meinen Korb fallengelassen habe.«
Da lag er. Ein paar Beeren waren noch darin, andere waren herausgefallen und im Gras verstreut. Der Boden war mit dichtem Gras bewachsen, und obwohl die Jungen sorgfältig suchten, fanden sie keine Spuren. Nur an einem Dornbusch hing ein Büschel von grauem Wolfspelz.
»Siehst du, ich habe es dir ja gesagt!« rief Kleines Eichhörnchen triumphierend aus, als sie es in Wolfsbruders Hand sah.
Ein Stück weiter weg lag ein krummer Stock am Boden. Er war an einem Ende zersplittert, und Wolfsbruder sah sich den Stock genauer an. Spuren von Zähnen waren deutlich zu erkennen, so als hätte der Wolf – oder irgendein anderes Tier – heftig darauf herumgebissen.
Wolfsbruder konnte es sich nicht erklären, warum ein Wolf oder ein anderes Tier auf dem Stock herumgebissen haben könnte.
Die Mädchen machten sich ans Beerenpflücken, die Jungen sahen sich in der Nähe um, konnten aber sonst nichts Auffälliges entdecken.
Wolfsbruder überlegte, daß es das beste wäre, zu den Wölfen zu gehen.
Vielleicht wußten sie etwas von dieser eigenartigen Sache. Aber die Höhlen der Wölfe waren weit weg auf der anderen Seite des Dorfes.
Heiß brannte die Sonne auf Wolfsbruder herab. Schweiß rann in kleinen Bächen über seinen nackten Rücken und seine Brust. Er hatte an diesem heißen Tag keine Lust, wegen einer

so unwichtigen Sache so weit zu gehen.
Es war, als könnte Geflecktes Pony seine Gedanken lesen.
»Das Wasser wird kühl sein«, sagte er.
Wolfsbruder nickte, und sie gingen zum Fluß.

In dieser Nacht hatte er einen Traum. Er träumte, daß er an der Stelle stand, wo die Beeren wuchsen. Er hörte ein tiefes, schreckliches Knurren, und als er aufschaute, kamen mehrere Wölfe auf ihn zu. Sie hatten alle Stöcke im Maul und kauten wütend darauf herum.
Wolfsbruder rief ihnen einen Gruß zu, doch sie antworteten nicht. Sie kamen näher, und er sah, daß sie ihn eigenartig anstarrten.
Plötzlich hatte er Angst. Er wußte, daß irgend etwas nicht stimmte. Er ging auf das Dorf zu, und sie folgten ihm. Er ging schneller, und sie gingen ebenfalls schneller. Er fing an zu rennen, und sie rannten ebenfalls.
Ich muß zum Dorf, dachte er. Die Leute werden mich vor den Wölfen retten.
Aber das war töricht. Niemand brauchte ihn vor den Wölfen zu retten, denn sie waren seine Brüder. Und jetzt wurde ihm klar, daß die Leute die Wölfe töten würden, wenn er sie ins Dorf führte.
Er sah über die Schulter. Sie waren dicht hinter ihm, knurrend und zähnefletschend.
Was soll ich tun? überlegte er. Wen soll ich retten, die Wölfe oder mich?
Etwas berührte ihn an der Schulter, und er fuhr zusammen. Er

dachte, einer der Wölfe hätte ihn eingeholt. Aber es war Tante Taube.

»Wach auf!« sagte sie. »Du zappelst wie ein Hund. Du mußt einen mächtigen Traum gehabt haben.«

Er erzählte, was er geträumt hatte.

»Wie schade, daß dein Vater eben weggegangen ist. Wenn er zurück ist, mußt du ihm den Traum erzählen. Vielleicht kann er dir erklären, was er bedeutet.«

An diesem Morgen war es nicht ganz so heiß. Ein paar Wolken standen am Himmel und dämpften die brennende Sonne. Ein kleiner Windhauch bewegte die Luft. Wolfsbruder holte sein Pferd und ritt zu den Behausungen der Wölfe. Er war sicher, daß irgend etwas nicht stimmte. Er mußte herausfinden, was es war.

8

Auf halbem Weg zwischen dem Dorf und den Behausungen der Wölfe überquerte der Pfad einen steinigen Kamm. Als Wolfsbruder dort entlang ritt, bemerkte er auf dem Hang unter sich eine Bewegung. Er zügelte Gisapa.

Es war ein Wolf, und Wolfsbruder erkannte den alten Schlappohr, einen alleinstehenden, männlichen Wolf vom anderen Ende des Tales. Zuerst dachte Wolfsbruder, Schlappohr wäre auf der Jagd, denn er bewegte sich mit der

Nase am Boden entlang. Dann sah er, daß der Wolf nur herumschnüffelte und nach Stöcken und nach Steinen schnappte. Zuerst ging er in eine Richtung und dann in eine andere und lief so im Zickzack hin und her.
Dann stieß Schlappohr ein wütendes Heulen aus. Seine Stimme klang rauh und fremd. Wenn Wolfsbruder ihn nicht erkannt hätte, dann hätte er niemals geglaubt, daß es Schlappohr sein könnte, von dem diese Laute kamen.
Wolfsbruder beobachtete ihn und überlegte, was er vorhaben mochte. Gisapa beobachtete ihn auch und trat nervös von einem Bein auf das andere. Ihr Huf stieß gegen einen Stein, und der rollte polternd und klappernd über die Felsen den Berg hinunter.
Ohne sich zu überzeugen, wer oder was das Geräusch gemacht hatte, stürmte Schlappohr den Hang hinauf. Wolfsbruder sah ihm erstaunt entgegen. Normalerweise sind Wölfe vorsichtige Tiere, argwöhnisch und scheu. Und jetzt griff Schlappohr blind an. Er schien nicht zu wissen, was er da angriff.
Wolfsbruder gab sich zu erkennen, aber falls Schlappohr ihn hörte, achtete er nicht auf ihn. Er raste auf Wolfsbruder zu und starrte ihn wild an.
Gisapa stampfte und wirbelte herum. Sie stieg, warf den Kopf gegen den Zug des Lederriemens, der ihren Unterkiefer umschloß. Wolfsbruder hielt sie im Zaum und sah über die Schulter.
Schlappohr war fast oben auf dem Kamm angekommen. Schaumiger Speichel tropfte aus seinem Maul.
Er ist toll geworden! dachte Wolfsbruder. Er lockerte die Zü-

gel, und Gisapa schoß vorwärts. Schon nach ein paar Schritten fiel sie in Galopp und stürmte wild den Weg hinunter, auf dem sie gekommen waren. Schlappohr war ihnen dicht auf den Fersen.

Sie brachen durch ein paar Büsche.

Ein Schwarm Wachteln flatterte aus dem Unterholz und stob in alle Himmelsrichtungen davon. Ohne langsamer zu werden, bog Schlappohr scharf nach links ab. Kopflos, so als hätte er sich selbst nicht mehr unter Kontrolle, nahm er die Verfolgung der Wachteln auf. Er verschwand in den Büschen, und Wolfsbruder konnte an den sich bewegenden Zweigen seinen Weg verfolgen.

Wolfsbruder ritt langsam zurück zum Dorf. Schattenfuchs war immer noch nicht heimgekehrt, und Wolfsbruder ging unruhig vor dem Tipi auf und ab.

Kleines Eichhörnchen kam vorbei und schaute ihn eigenartig an. Sie ging in ihr Zelt, und nach einer Weile streckte ihre Mutter den Kopf heraus und schaute ihn ebenfalls an. Wolfsbruder merkte es nicht.

Komm heim, Schattenfuchs, bat er im stillen. Wo du auch sein magst, höre mich und komm heim! Ich brauche dich jetzt!

Die Mutter von Kleines Eichhörnchen ging zum Tipi von Eulenfeder und sagte leise etwas durch die Klappe. Eulenfeder, seine Eltern und eine Schwester kamen heraus. Sie standen da und starrten Wolfsbruder an.

Wolfsbruder ging ein paar Schritte und drehte sich wieder um. Hin und her, hin und her.

Schattenfuchs, beeil dich!

Plötzlich merkte er, daß man ihn beobachtete. Er blieb stehen und sah ein Dutzend Leute, die sich zu einer schweigenden Gruppe versammelt hatten. Ihre Gesichter waren unfreundlich, ihre Augen hart und argwöhnisch. Er spürte die Furcht und Abneigung, die ihm von den Leuten entgegenschlug. Sie strömte auf ihn ein, so stark und wirklich, daß er fast spüren konnte, wie sie auf ihn prallte, ihn verwundete, ihn zu Boden warf.

Was ist geschehen? fragte er sich. Was habe ich wohl jetzt wieder getan?

Sollte er in sein Tipi gehen, oder sollte er bleiben, wo er war? Er hatte das Gefühl, daß er sich nicht von der Stelle rühren durfte, daß sie alle aufschreien und sich auf ihn stürzen würden, wenn er sich bewegte. Seine Knie begannen zu zittern. Das Zittern kroch seine Schenkel empor zu seinem Magen und zu seiner Brust. Es setzte sich in seinem Herzen fest, das wie ein Tomtom zu schlagen begann.

Viele Büffel und der alte Häuptling Schwarzer Hirsch kamen durchs Dorf geschlurft. Sie gingen langsam und vorsichtig, denn sie waren beide lahm und steif vom Alter. Doch immer noch gingen sie aufrecht und stolz und trugen die Würde ihrer Jahre und ihrer ehrenvollen Narben von vielen Kämpfen. Sie gingen schweigend an den Dorfbewohnern vorbei, und ihre Körper waren wie Schilde, an denen die Wut abprallte.

Sie kamen zu Wolfsbruder, und Viele Büffel nahm ihn am Arm. »Geh in dein Zelt, Wolfsbruder«, sagte er leise.

Wolfsbruder schlüpfte wortlos in das Tipi. Die beiden alten Krieger setzten sich links und rechts vom Eingang nieder.

Ihre harten, alten Gesichter schienen aus Stein gemeißelt, und ihre dunklen Augen starrten in Weiten, in die keiner außer ihnen blicken konnte.
Die Leute wandten sich ab, und einer nach dem anderen ging seinen Geschäften nach.
Nachdem sie weg waren, kroch Wolfsbruder zur Eingangsklappe.
»Was ist geschehen?« flüsterte er.
»Du bist auf und ab gegangen«, sagte Viele Büffel. »Hin und her, hin und her. So pirschen die Wölfe. Die Leute haben Angst, daß der Traum von Schweifender Blick wahr wird, wenn du noch wolfsähnlicher wirst, und daß du dann mit den Wölfen zusammen das Dorf zerstören könntest.«
Wolfsbruder schloß die Augen und ließ sich zu Boden sinken. Jetzt dachten sie also, er würde sich in einen Wolf verwandeln. Was er auch tat – es war falsch. Selbst die einfachste Sache wurde bei ihm zu etwas Verdächtigem.
Schwarzer Hirsch sagte von draußen: »Jetzt wird dir keiner mehr etwas tun. Wir bleiben hier, bis Schattenfuchs nach Hause kommt.«
Ein Weilchen später kam Tante Taube mit einem Korb voller Wurzeln nach Hause. Sie sagte nicht viel, und Wolfsbruder wußte, daß ihr schon jemand erzählt hatte, was geschehen war.
Stunden vergingen in fast völliger Stille. Die regungslosen Schatten der beiden vor dem Zelt sitzenden Krieger verschwammen mit den Schatten der Nacht.

Lange nach Einbruch der Dunkelheit kam Schattenfuchs. Er sprach leise mit den beiden Männern draußen, bevor er das Tipi betrat.
»Ich habe weit von hier gejagt und wäre noch eine Nacht ausgeblieben«, sagte er. »Aber dann glaubte ich dich rufen zu hören: »Schattenfuchs, komm heim!««
»Ja, ich habe dich gerufen«, sagte Wolfsbruder. »Mit Schlappohr ist etwas geschehen.« Den anderen Vorfall erwähnte er nicht. Darüber würden sie später sprechen.
Schattenfuchs hörte sich Wolfsbruders Geschichte an. »Du hast recht. Schlappohr ist toll geworden. Er ist krank. Das passiert manchmal bei den Tieren, aber auch Menschen können angesteckt werden.«
»Was können wir tun?«
Schattenfuchs schüttelte den Kopf. »Wir können ihm nicht helfen.«
»Es muß doch irgendeine Medizin geben. Du hast so viele Heilmittel und Arzneien.«
»Es gibt keine Heilmittel gegen diese Tollheit. Tiere, die von ihr befallen sind, können kein Wasser schlucken. In ein paar Tagen wird Schlappohr sterben. Ich habe das schon früher gesehen, und es ist immer dasselbe.«
Wolfsbruder schwieg.
»Schlappohr ist gefährlich. Auch dich hat er angegriffen. Er wird alles angreifen, was sich bewegt, ob Tier oder Mensch. Er hat jede Furcht und jede Vorsicht verloren und kennt nur noch Wut. Es kann sein, daß er unser Dorf anfällt. Wenn das geschähe, wären alle davon überzeugt, daß der Traum von Schweifender Blick wahr ist. Man würde Schlappohr töten.

Dich würde man vielleicht auch töten, und ich könnte dich nicht retten.«
Und Schattenfuchs fuhr fort: »Es wäre auch möglich, daß er seine Artgenossen, die Wölfe, angreift. Dann würde die Tollheit auf sie übertragen, und auch sie müßten sterben. Wir müssen Schlappohr töten, ehe er mehr Unheil anrichtet. Sobald es hell wird, brechen wir auf, um ihn zu jagen. Das müssen wir, und du mußt es verstehen.«
Wolfsbruder lag lange wach und wartete auf den Schlaf. Er dachte an Schlappohr. Schlief er, oder war er unterwegs, getrieben von der unnatürlichen Wut, von der er besessen war? Was würde geschehen, wenn er die anderen Wölfe anfiel, seine Tollheit an sie weitergeben würde? Vielleicht griff dann tatsächlich ein ganzes Rudel von tollen Wölfen – seine eigene Wolfsfamilie – das Dorf an, und der Traum von Schweifender Blick würde wahr werden. Und wenn Wolfsbruder selbst gebissen wurde, würde er dann mit den Wölfen zusammen über die Tipis herfallen?
Es war alles zu schrecklich, um darüber nachzudenken, und trotzdem konnte er nicht aufhören, daran zu denken. Er wünschte sich, der Morgen wäre schon da, damit er endlich etwas tun konnte.

Die Sonne war kaum aufgegangen, als er und Schattenfuchs aus dem Dorf ritten. Wolfsbruder war so müde nach der fast schlaflosen Nacht, daß er sich kaum bewegen konnte. In seinem Kopf war ein dumpfer Schmerz. Seine Finger waren steif, und es war, als ob vor seinen Augen verschwommene

Schleier lägen. Zwinkernd und blinzelnd versuchte er, die Schleier zu verjagen, damit er klar sehen konnte.
Sie ritten zu der Stelle, wo Wolfsbruder Schlappohr zuletzt gesehen hatte. Schattenfuchs stieg vom Pferd und sah sich nach Wolfsspuren um. Es dauerte lange, bis er Schlappohrs Fährte fand.
Schlappohr hatte den Hügel überquert. Seine Spuren führten sinnlos hierhin und dorthin.
Jenseits des Kammes fanden sie eine Stelle, wo er sich eine Weile hingelegt hatte. Sie sahen, wo er einem Kaninchen nachgejagt war. Die Kaninchenspuren führten am Rand eines kleinen Baches entlang, doch der Wolf hatte offenbar aufgegeben, das Kaninchen zu verfolgen, denn seine Spuren zeigten plötzlich scharf nach links.
»Er hat jetzt Angst vor Wasser, obwohl sein Körper es braucht«, sagte Schattenfuchs.
»Sicher leidet er«, sagte Wolfsbruder.
Schattenfuchs nickte. »Es ist eine gute Tat, wenn wir sein Leiden beenden.«
Sie kamen in die Nähe des Baus, wo Wolfsschwester mit Schwarzfuß und den Jungen lebte. Wolfsbruders Herz war dumpf und schwer. Er wollte Schattenfuchs zur Eile antreiben, aber sie mußten sich Zeit nehmen, wenn sie den Spuren folgen wollten. Was war, wenn sie zu spät kamen? Was war, wenn Schlappohr den Bau erreichte, bevor sie ihn eingeholt hatten?
Seine Spuren führten auf eine breite Wiese, und dort verloren sie seine Fährte. Die Sonne stand hoch am Himmel, und es war heiß. Bald war es Mittag.

Wolfsbruder war verzweifelt.
Er hatte die ganze Wiese nach einem Zeichen, einem winzigen Zeichen abgesucht. Den Kopf tief gesenkt, ging er jetzt im großen Bogen um sie herum. Plötzlich entdeckte er zwei Kieselsteine, die von der Stelle bewegt worden waren. Dort, wo sie vorher gelegen hatten, war die Erde noch ein wenig feucht. Die Sonne hatte die beiden dunklen Flecken noch nicht getrocknet.
Wolfsbruder rief nach Schattenfuchs. Ein paar Meter weiter fanden sie den Abdruck einer Wolfspfote im Staub.
»Du hast gute Augen, Wolfsbruder. Schau, er hat sich in die andere Richtung gewandt. Er entfernt sich vom Bau.«
Wolfsbruder war erleichtert, aber er wußte, daß Schlappohr jederzeit wieder umkehren konnte. Wolfsbruder konnte jetzt wieder klarer denken und sehen. Es war gut, daß er draußen sein und etwas tun konnte, statt in den Fellen zu liegen und sich schlimme Gedanken zu machen.
»Vater, ich will zum Bau gehen und den Wölfen sagen, daß Schlappohr toll geworden ist. Selbst wenn er nicht in die Nähe des Baus kommt, könnten sie ihm vielleicht doch begegnen, während sie jagen. Ich muß sie warnen, damit sie ihm aus dem Weg gehen.«
»Sehr gut. Aber wenn du Schlappohr triffst, mußt du ihn sofort töten. Laß ihn nicht in deine Nähe kommen. Er ist niemandes Freund mehr.«
Wolfsbruder hob seinen Bogen. »Ich weiß, was ich tun muß, und ich werde es tun.«
»Gut.« Schattenfuchs legte die Hand auf Wolfsbruders Schulter. »Wenn du mit den Wölfen gesprochen hast, komm mir

nach. Ich werde die Fährte für dich markieren, damit du mir folgen kannst.«
Wolfsbruder nickte. Er schwang sich auf Gisapa und galoppierte mit ihr über die Wiese davon.

9

Als Wolfsbruder in die Nähe des Baus kam, rief er nach Wolfsschwester. Sie kam heraus, um ihn zu begrüßen, gefolgt von ihren fünf wohlgenährten Jungen. Sie legte die Vorderpfoten auf Wolfsbruders Brust, und sie berührten sich gegenseitig mit der Nase. Die Jungen hüpften um sie herum, zerrten und kauten an seinen Leggings, und er beugte sich nieder, um sie zu begrüßen.

Er erzählte Wolfsschwester von Schlappohr, und sie ver-

stand sofort. Schwarzfuß war auf der Jagd. Sie konnten ihn nicht warnen, bevor er zurückkam.
Wolfsschwester kläffte ihre Jungen an und befahl ihnen, in den Bau zurückzukehren. Doch sie waren aufgeregt, weil Wolfsbruder da war, und gehorchten nicht. Statt dessen rannten sie im Kreis herum und jagten sich gegenseitig. Wolfsschwester wurde ärgerlich und biß eins der Jungen kräftig ins Hinterteil. Das Junge jaulte auf, fiel auf den Rücken und strampelte mit den Beinen in der Luft herum.
Plötzlich kam Schlappohr aus dem Gebüsch. Er ging sehr langsam, hielt den Kopf gesenkt und schwankte wie benommen von einer Seite zur anderen. Dabei knurrte er tief und wütend. Schaum hing an seinen Lefzen und tropfte aus seinem Maul.
Er zog einen seiner Hinterläufe nach. Plötzlich stieß er damit gegen einen Stein, und als der wegrollte, packte er ihn knurrend und biß darauf herum. Ein Eckzahn brach ab und fiel auf die Erde. Doch der Wolf schien nichts zu merken. Er kaute weiter auf dem Stein herum und verschluckte ihn schließlich. Blut färbte den Schaum um sein Maul rot.
Schlappohrs glasiger Blick fiel auf den Jungen und die Wölfe. Die Wolfsjungen rannten schnell wie der Blitz auf den Bau zu, gefolgt von Wolfsschwester. Wolfsbruder blieb zwischen dem Wolfsbau und Schlappohr stehen.
Er legte einen Pfeil an. Schlappohr taumelte auf ihn zu. Seine Pupillen waren unnatürlich groß und dunkel. Er knurrte und geiferte und starrte Wolfsbruder wild an.
Wolfsbruder zielte sorgfältig und spannte den Bogen, so stark er konnte. Er blieb regungslos stehen, obwohl der Wolf dro-

hend näherkam. Er schoß, und der Pfeil bohrte sich tief in die Brust des Wolfs. Schlappohr heulte auf und fiel um. Er schnappte nach dem Pfeil und riß daran mit seinen kräftigen Zähnen. Dann streckte er sich und lag still.
Wolfsbruder legte einen zweiten Pfeil an und wartete. Als Schlappohr sich nicht rührte, ging er zu ihm. Die Augen des Wolfes waren halb geschlossen. Er war tot.
Wolfsschwester und ihre Jungen kamen aus dem Bau, und genau im selben Augenblick heulte ein Wolf von einem nahegelegenen Hügel. Es war Schwarzfuß, der von der Jagd kam. Wolfsschwester reckte die Nase zum Himmel und heulte zurück. Sie teilte ihm mit, daß seine Familie in Sicherheit war und daß er heimkommen solle.
Wolfsbruder machte sich auf den Weg, um Schattenfuchs zu suchen, und als er ihn gefunden hatte, kehrten sie gemeinsam zu der Stelle zurück, wo der tote Wolf lag.
Mit Stöcken vergrößerten sie eine Vertiefung im Boden und legten den Wolf hinein. Dann bedeckten sie ihn so hoch mit Sand und Steinen, bis sie sicher waren, daß sich keiner an seiner Tollheit anstecken konnte.
»Komm, Wolfsbruder«, sagte Schattenfuchs. »Wir gehen im Fluß schwimmen und kühlen uns ein wenig ab, bevor wir zum Dorf zurückkehren.«
Wolfsbruder zögerte. Das Wasser würde ihnen guttun, aber der Fluß war nah beim Dorf, weit weg von hier.
»Ich gehe nicht zum Dorf zurück«, sagte er schließlich. Er erzählte, was tags zuvor geschehen war. »Wenn Schwarzer Hirsch und Viele Büffel nicht rechtzeitig gekommen wären, dann hätten mich die anderen sicher angegriffen. Sie hätten

mich aus dem Dorf gejagt oder vielleicht sogar getötet. Ich kann nicht zurückgehen.«

Schattenfuchs seufzte und schaute zum Himmel, als erwarte er von dort ein Zeichen.

»Ich werde euch besuchen, sobald die Zeiten besser sind. Sag das Tante Taube und Geflecktes Pony. Ich hoffe, sie verstehen es.«

»Natürlich werden sie es verstehen. Wolfsbruder, ich kann nicht sagen ›Komm mit mir zurück, alles wird jetzt besser‹, denn ich glaube nicht, daß die Dinge sich schnell bessern. Es ist möglich, daß diese Schwierigkeiten eine Prüfung für dich sind. Die Geister handeln auf ihre Weise, die wir nicht immer verstehen. Du bist vor eine Entscheidung gestellt, welche die meisten von uns niemals treffen müssen. Du mußt dich entscheiden, ob du als Wolf leben willst oder als Mensch. Aber überleg es dir genau. Du wirst für den Rest deines Lebens entweder als ein Mann leben, der zu einer Gruppe gehört, oder als Fremder, der für immer von Menschen getrennt sein wird.«

»Für mich gibt es nichts zu entscheiden«, sagte Wolfsbruder. »Die anderen haben die Entscheidung für mich getroffen. Sie wollen mich nicht, und ich bleibe nicht dort, wo ich nicht erwünscht bin.«

Schattenfuchs blickte ihn traurig und ernst an. »Wenn du so fühlst, dann soll es so sein. Ich wünsche dir alles Gute, Bruder der Wölfe.«

Er legte die Hände auf Wolfsbruders Schultern. Der spürte die starken Finger. Er hätte gern seine Arme um Schattenfuchs gelegt und sich festgehalten, aber er wußte, daß er dann

weinen würde. Statt dessen stand er steif da und sah zu, wie Schattenfuchs auf sein Pferd sprang.
»Du kannst Gisapa mitnehmen«, sagte der Junge. Seine Stimme klang rauh und gepreßt. Er räusperte sich. »Ich brauche sie nicht mehr.«
Schattenfuchs nahm Gisapa an dem geflochtenen Riemen aus Rohleder und führte sie mit sich fort. Nebeneinander trabten die Pferde über die Steine und den Sand davon.
Wolfsbruder schaute ihnen nach, bis sie nicht mehr zu sehen waren. Dann legte er sich im Schatten eines kleinen Baumes nieder. Ihm war heiß, er schwitzte, und er war unglücklich. Der Sand unter seinen nackten Schultern war rauh. Vielleicht hätte er Schattenfuchs zurückrufen sollen, doch jetzt war es zu spät. Und er hatte es satt, daß die Leute ihn nicht mochten, er hatte genug von den unfreundlichen Augen, die alles, was er tat, feindselig beobachteten.
Wolfsschwester kam schwanzwedelnd zu ihm herüber. Sie legte sich neben ihn und leckte die salzigen Tränen ab, die ihm übers Gesicht liefen. Die Wolfsjungen kamen ebenfalls heran und legten sich zu ihm. Sie waren nicht so lebhaft wie sonst. Die Hitze, Schlappohrs Tod und der Schmerz, der in der Luft lag, hatten sie still gemacht. Sie streckten sich neben ihm aus. Ihre weichen, kleinen Körper schmiegten sich an ihn. Mit erhobenem Kopf und hechelnd stand Schwarzfuß etwas abseits und sah mit seinen fahlen und kalten Augen zu.
Es war wie damals im Wolfsbau, als Wolfsbruder noch ein Säugling gewesen war. Ein Gefühl des Friedens kam über ihn, er spürte, daß er die richtige Entscheidung getroffen hatte. Jetzt mußte er sich nie mehr feindselig ansehen lassen.

Wolfsschwester leckte weiter und tröstete ihn. Er fühlte sich klein, als wäre er der Säugling von damals. Er schloß die Augen. Fast glaubte er zu spüren, wie auf seinem Bauch ein Fell wuchs, das seine nackte Menschenhaut bedeckte. Seine Fingernägel würden wachsen, sich biegen und sich in Krallen verwandeln. Seine Handflächen und seine Fußsohlen würden sich verdicken und zu Ballen werden. Seine Zähne würden länger und schärfer werden. Seine Stimme würde sich verändern, bis die menschlichen Worte vergessen waren und er nur noch die Sprache der Wölfe sprach.
Jetzt war er wieder zu seiner richtigen Familie zurückgekehrt, und wenn die Geister es gut mit ihm meinten, dann nahmen sie ihn auch wieder an. Und dann würde er zu den Wölfen gehören, wie es ihm bestimmt gewesen war.
Schon träumend schlief er ein.
Als er aufwachte, war er immer noch ein Mensch, aber das machte nichts. Er war sicher, das Richtige getan zu haben, und ein Gefühl von Frieden breitete sich in ihm aus. Wie immer waren die Wölfe glücklich, daß er da war. Er konnte ihnen nicht sagen, daß er diesmal gekommen war, um für immer bei ihnen zu bleiben. Sie wußten nicht, was *immer* bedeutete.

Tage vergingen. Wolfsbruder nahm teil an ihrem Leben. Er jagte mit ihnen, schlief mit ihnen, paßte auf die Jungen auf. Er versuchte nicht nachzudenken, sondern zu leben wie die Wölfe – nichts zu fühlen, außer den Empfindungen des Augenblicks. Er konzentrierte sich ganz darauf, Spuren von

Wild zu suchen, den Tieren, die sie jagten, zu folgen. Wie die Wölfe, so bemerkte auch er die geringste Veränderung in seiner Umgebung.
Seine Augen folgten dem Flug der Vögel und den Blättern, die sich silbrig im Wind bewegten. Er beobachtete Insekten, die sich durch ihren winzigen Wald aus Ästen und Grashalmen arbeiteten. Er roch den scharfen Duft von Salbei und die morgendliche Feuchtigkeit des Bodens. Er fühlte, wie weich das Gras und wie rauh der Sand und der Kies waren, und er spürte unter seinen Händen die unebene Oberfläche von Felsen und von Baumrinde.
Manchmal, besonders nachts, hatte er das Gefühl, er sei fast unsichtbar geworden. Er verschmolz, vermischte sich mit allem, was ihn umgab, bis er nichts Eigenständiges mehr war, sondern ein Teil seiner Umgebung. Er bildete sich ein, daß er keine Fußabdrücke hinterließ, wenn er ging, daß er sich bewegte, ohne das kleinste Blatt oder den kleinsten Kiesel zu berühren.
Er konnte durch Bäume hindurchgehen und auf der anderen Seite des Baumes als Ganzes hervortreten, doch in dem Moment des Hindurchgehens wurde er eins mit dem Baum. Seine Haut wurde zu Rinde und seine Arme und Beine zu Ästen, für immer mit der Erde verbunden und doch wachsend und sich wandelnd zu eigenem Leben.
Diese besonderen Augenblicke der vollkommenen Einheit, in denen er nur einfach da war – so klar und so leer und so ohne jedes Gefühl wie dahinfließendes Wasser –, waren selten. Meistens war er doch Wolfsbruder, zufrieden, daß er bei den Wölfen sein und so leben konnte wie sie. Für seinen Körper

war es manchmal schwer – er war oft müde, manchmal hungrig, und er wußte, daß er im kommenden Winter oft frieren würde. Aber für seinen Geist war es leicht. Er mußte keine schwierigen Entscheidungen treffen, und keine kritischen Augen warteten darauf, alles, was er tat oder sagte, zu verurteilen.
Trotzdem fühlte er sich manchmal einsam. Er vermißte das Dorfleben, die Geräusche der Menschen, das Spielen der Kinder, die leisen Stimmen der Frauen, die bei ihrer Arbeit sangen, das tiefere Gemurmel der Männer. Er vermißte den Rauch der Kochfeuer und Tante Taubes Lachen.
Er balgte und spielte mit den Wolfsjungen, und er erinnerte sich an seine Raufereien mit Geflecktes Pony. Die Wolfskinder waren munter, aber er konnte nicht mit ihnen reden, so wie er mit Geflecktes Pony geredet hatte. Er vermißte den Spaß, den sie miteinander gehabt hatten, und ihre Gespräche über die mutigen Taten, die sie einmal vollbringen würden, wenn sie erwachsen waren. Jetzt wuchsen sie voneinander getrennt auf, und wenn er mutige Taten vollbrachte, dann wußten es nur die Wölfe.
Am meisten vermißte er Schattenfuchs. Er war zwar nur sein Adoptivvater, und doch war Schattenfuchs weit mehr als das. Er war sein Führer, sein Ratgeber, seine Brücke zwischen der Welt der Wölfe und der Welt des Dorfes. Geflecktes Pony war sein bester Freund, Tante Taube liebte ihn, aber keiner würde ihn je so verstehen, wie Schattenfuchs ihn verstand.
Vielleicht gab es dieses enge Band zwischen ihnen, weil sie beide anders waren. Wolfsbruder war anders, weil er außerhalb der Gruppe geboren worden war. Schattenfuchs war in

der Gruppe geboren und war ein Teil von ihr. Doch auch er war ein Außenseiter, weil sein Bewußtsein sich von dem der anderen unterschied. Das machte ihn zu einem guten Medizinmann. Das war es, warum andere, die ihn gut kannten, die mit ihm aufgewachsen waren und ihn einen Freund nannten, mit Respekt zu ihm aufschauten. Das war es, warum er ohne Frau lebte, obwohl er reich genug war, um mehrere Frauen zu haben, wenn er gewollt hätte. Nachdem seine zweite Frau gestorben war, hatte er gesagt: »Ich heirate nicht wieder. Es ist der Wunsch der Geister, daß ich nur zu ihnen gehöre.«
Er hatte sich Wolfsbruders angenommen, und als Dank hatte Wolfsbruder immer große Dinge tun wollen, auf die Schattenfuchs stolz sein könnte. Er wollte das Vertrauen rechtfertigen, das der Medizinmann in ihn gesetzt hatte, und ihm Ehre machen. Jetzt würde er das niemals tun. Kein Lied würde jemals über Wolfsbruder gesungen werden, das von den Taten berichtete, die er für seine Gruppe vollbracht hatte. Keine Geschichten über ihn würde man erzählen für die, die nach ihm kamen.
Wolfsbruders Herz schmerzte, wenn er an all seine schönen Träume dachte. Wie Regenbogen lösten sie sich in Nichts auf, wenn er versuchte, nach ihnen zu greifen. Vielleicht mußte es so sein.

Er war mit Wolfsvater und Wolfsmutter auf der Jagd, und sie stießen auf ein äsendes Hirschrudel. Mit dem Wind von vorn krochen sie leise so nahe heran wie irgend möglich. Ein alter Hirsch äste etwas abseits. Ein Lauf schien steif zu sein, und er schonte ihn, wenn er sich bewegte. Wolfsvater schob sich näher. Diesen Bullen hatten sie sich als Beute ausersehen. Einen jungen und starken Hirsch konnten die Wölfe nicht reißen. Sie mußten die alten und schwachen ausfindig machen. Der Hirsch riß den Kopf hoch, und Wolfsvater sprang, gefolgt von seiner Gefährtin. Wolfsbruder blieb zurück. Er konnte nicht mithalten, wenn die Wölfe rannten. Meistens waren sie zu ungeduldig, um abzuwarten, bis er nah genug war, um mit Pfeil und Bogen einen Schuß abzugeben. Sie waren daran gewöhnt, die Dinge auf ihre Weise zu erledigen. Das restliche Rudel sprang in eine andere Richtung davon. So alt und steif der Hirsch auch sein mochte, er konnte erstaunlich schnell laufen. Er flüchtete durch die Büsche, übersprang einige, lief um andere herum. Als er merkte, daß er den Wölfen nicht entkommen konnte, hielt er vor einem dichten Gestrüpp an, das ihm etwas Schutz bot. Er wirbelte herum und blickte ihnen entgegen.

Die Wölfe näherten sich ihm, einer von rechts, der andere von links. Der Hirsch warf sein Haupt mit dem mächtigen Geweih hin und her und schlug mit den Vorderläufen aus. Die Wölfe wichen zur Seite und machten dann wieder einen Satz vorwärts. Wolfsvater, so alt und so steif wie der Hirsch, war diesmal nicht schnell genug. Der scharfe Huf traf ihn am Kopf, und lautlos fiel er um.

Wolfsmutter setzte ihren Angriff fort. Wolfsbruder kam keuchend gelaufen und legte einen Pfeil an. Er sah Wolfsvater am Boden, und er sah Blut aus einer Wunde fließen. Er vergaß zu schießen und ging auf den Wolf zu. Sein Schädel war zerschmettert. Wolfsvater war tot.

Der Hirsch rannte wieder los, die Wolfsmutter auf den Fersen. »Komm zurück! Komm zurück!« rief Wolfsbruder, aber sie war versessen auf ihre Beute und hörte nicht auf ihn.
Wolfsbruder saß am Boden, streichelte den Wolf und dachte an all die Jagden, an all die Tage und Nächte, in denen Wolfsvater über seine Familie gewacht hatte. Er dachte an seine Stimme, die vom Hügelkamm erklungen war, als er den hungernden Menschen Nahrung gebracht hatte. Er dachte daran, wie er sich mit dem Wolf zum Spaß gebalgt hatte. Er dachte daran, wie er in Wolfsvaters Augen geschaut hatte, in die klaren grauen Augen mit den dunklen Schlitzen in der Mitte, während Wolfsvater sein Wolfslachen gelacht und ihm seine großen Pfoten auf die Knie gelegt hatte.
Er saß immer noch da und streichelte ihn, als Wolfsmutter wieder angetrottet kam.
»Er ist tot«, sagte Wolfsbruder. Er stand auf und trat beiseite. Wolfsmutter winselte und kroch zu Wolfsvater hin. Ihr Kopf und ihr Schwanz berührten fast den Boden. Sie schnüffelte an ihm, und dann legte sie sich mit dem Kopf auf den Füßen des Jungen nieder.

Es ist eben ein Wolf, sagte sich Wolfsbruder später, kein Mensch. Es ist töricht von mir, ihr Vorwürfe zu machen, wenn sie sich wie ein Wolf benimmt.
Und doch konnte er nicht vergessen, wie Wolfsmutter dem Hirsch nachgejagt war, so versessen auf das Fleisch, daß sie nicht merkte, daß ihr Gefährte tot war. Wolfsbruder sagte sich, daß die Wölfe in ihrem Leben keine Zeit hatten für Senti-

mentalitäten. Sie waren oft hungrig, und Fleisch war zu kostbar, als daß man sich durch irgend etwas davon abhalten lassen durfte.
Obwohl Wolfsmutter trauerte, wie Wölfe eben trauern, so war Wolfsbruder doch der Meinung, man müsse eine Totenfeier für Wolfsvater abhalten. Er konnte nicht einfach weggehen und ihn daliegen lassen. Er hob den Körper des Wolfes auf und legte ihn in einen kleinen Baum, so wie es beim Stamm der Lakota üblich ist, damit sein Geist sich leicht in die Lüfte erheben konnte auf dem Weg ins Jenseits. Er sang ein Lied über Wolfsvater, das erzählte, was für ein guter Wolf er gewesen war, wie mutig und treu, und was für ein guter Jäger. Dann ging Wolfsbruder weg und überließ Wolfsvater den Geistern.

10

Wolfsbruder lag auf dem Hügel in der Nähe des Dorfes. Dort hatte er fast den ganzen Nachmittag gelegen und beobachtet, was unter ihm geschah. Heute war ein Festtag. Die älteste Schwester von Hübscher Vogel hatte Hochzeit. Den ganzen Tag über war Rauch von den Feuern aufgestiegen. Die Frauen bereiteten das Hochzeitsmahl.
Die Schwester von Hübscher Vogel kam in ihren schönsten Kleidern aus dem Tipi. Sie waren mit Fransen und Stachel-

schweinborsten verziert. Sie trug schwere Halsketten, Armreifen und Ohrringe. Ihr Haar war geflochten und mit Federn geschmückt. Selbst von diesem hohen Hügel aus konnte Wolfsbruder sehen, daß sie schön war.
Er sah den Tänzen und den Feierlichkeiten zu, hörte die Gesänge und das Schlagen der Trommeln. Manchmal konnte er fast die Worte verstehen, wenn die Leute sich etwas zuriefen und miteinander lachten und scherzten.
Wolfsmutter sah auch ein Weilchen zu. Ihre Ohren waren gespitzt, und sie beobachtete interessiert, was da unten vor sich ging. Aber dann wurde es ihr langweilig. Sie gähnte, winselte und versuchte, Wolfsbruder dazu zu bringen, mit ihr auf die Jagd zu kommen. Als er sich weigerte, rollte sie sich zusammen, steckte ihre Nase unter den Schwanz und hielt ein Schläfchen. Nachdem sie aufgewacht war, ging sie allein auf die Jagd, denn sie hatte keine Lust, noch länger zu warten.
Wolfsbruder war auch hungrig. Sein Magen war so leer, daß er schmerzte, und er wußte, daß er an diesem Tag nichts mehr zu essen bekommen würde, wenn er noch lange wartete. Es war schon jetzt fast zu dunkel. Er konnte kaum noch erkennen, worauf er den Pfeil richten mußte.
Essensgeruch zog zu ihm herauf und machte ihn noch hungriger. Er dachte an gebratenes Fleisch, außen knusprig braun und innen zart und saftig, und das Wasser lief ihm im Mund zusammen.
Es war sinnlos, noch länger hier zu liegen. Das Fest war vorüber. Die Trommeln waren verstummt. Die Frauen geleiteten die Braut zu ihrem neuen Tipi, wo sich ihr Ehemann zu ihr gesellen würde. Die anderen zerstreuten sich und kehrten in

ihre eigenen Zelte zurück. Ein paar saßen schläfrig an den verlöschenden Feuern und sprachen noch immer von den Ereignissen des Tages. Nach und nach verschwanden auch sie in ihren Tipis. Der Platz war leer. Die festlichen Feuer zerfielen zu Asche.
Wolfsbruder lag noch immer auf dem Hügel. Er drehte sich auf den Rücken und starrte in den Sternenhimmel über sich. Noch nie im Leben hatte er sich so einsam gefühlt. Er wußte, daß er sich weiter vom Dorf entfernen mußte, solange es noch dunkel war. Wenn der Morgen kam, könnte man ihn entdekken.

Aber er wollte nicht gehen. Er wollte die körperliche Nähe zu den Menschen nicht aufgeben. Seit Wolfsvaters Tod war er fast jede Nacht gekommen, und immer hatte er von diesem Hügel zu ihnen hinabgesehen. Sobald die Leute schlafen gegangen waren, schlich er sich leise fort und beseitigte im Weggehen vorsichtig seine Spuren, damit niemand merkte, daß er hier gewesen war. Die Erleichterung, die er gespürt hatte, als er sich zu dem einfachen, friedlichen Wolfsleben entschieden hatte, war inzwischen verschwunden. Wolfsvaters Tod hatte seine Hoffnung, selbst wie ein Wolf leben zu können, für immer zerstört. Für ihn konnten die Nahrung und die Jagd nicht wichtiger sein als der Verlust eines geliebten Freundes. Er konnte es nicht ertragen, daß man jemanden sterben ließ, ohne eine Totenfeier für ihn zu halten. Er brauchte den Gesang, die Trommeln und die Zeremonie, die Mischung aus Reden, Gelächter und Tränen, die das Leben

ausmachte. Er war kein Wolf, und er würde nie ein Wolf werden. Er sehnte sich nach Hause.
Aber er konnte nicht zurück. Sein Stolz ließ es nicht zu, daß er für Schattenfuchs eine Last und ein Hindernis wurde. Er würde nicht zurückgehen und sich wieder den Feindseligkeiten der letzten Monate aussetzen. Er wollte nicht bei jedem Wort und bei jeder Tat aufpassen müssen vor Angst, Gewalt auszulösen und mit Stöcken und Steinen aus dem Dorf getrieben zu werden.
Aber er konnte auch nicht bleiben, wo er war, die Feste und das Gelächter aus dem Dunkeln beobachten, weder Wolf noch Mensch, sondern etwas dazwischen. Er mußte ganz weggehen, weit weg, in ein anderes Land, wo niemand jemals von ihm gehört hatte. Wenn er Glück hatte, nahm ihn vielleicht ein anderer Stamm auf. Er konnte ihnen Lügen erzählen über seine Familie, über seine Eltern und Großeltern, seine Brüder und Schwestern, und vielleicht würden sie ihm glauben. Vielleicht würden sie ihn töten, aber es wäre besser, tot zu sein, als nirgendwohin zu gehören.
Es war fast Morgen. Er mußte eingeschlafen sein, ohne es zu merken. Er stand auf und ging langsam den Hügel hinab. Jetzt machte es nichts mehr aus, wenn er Spuren hinterließ. Jetzt war es ihm gleichgültig, ob alle wußten, daß er in der Nacht hier gewesen war und das Dorf beobachtet hatte.
Wolfsbruder wandte sich nach Süden. Dort lebten die Pawnee und die Arapaho. Er hatte wenig Hoffnung, daß sie ihn freundlich aufnehmen würden. Aber die Richtung war so gut wie jede andere.
Er hatte niemanden, von dem er sich verabschieden mußte.

Von Schattenfuchs, Tante Taube, Geflecktes Pony und Viele Büffel hatte er sich ja schon verabschiedet, während er auf dem Hügel über dem schlafenden Dorf gelegen hatte. Es gab nichts mehr zu sagen, was sie nicht schon wußten.

Wolfsschwester und Schwarzfuß brauchten sonst niemanden. Sie hatten sich und ihren alljährlichen Nachwuchs.

Wolfsmutter würde ihn vermissen. Vermutlich würde sie seiner Fährte folgen wie damals, als Schattenfuchs ihn als Säugling aus dem Bau mitgenommen hatte. Aber sie würde sich nicht weit aus ihrem eigenen Revier herauswagen. Sie hatte ihren Platz, wo sie hingehörte, nämlich zu ihrer Familie, und sie wurde vielleicht getötet, wenn sie sich in das Revier anderer Wölfe wagte.

Sie würde ihm folgen, aber sie würde umkehren und, weil sie hungrig war, auf die Jagd gehen. Die Jagd würde sie beschäftigen, würde all ihr Denken in Anspruch nehmen. Wenn ihr Magen voll war, würde sie sich die Pfoten lecken und einschlafen. Wenn sie aufwachte, würde sie dahinfliegende Vögel und herumkriechende Käfer beobachten, die Gerüche der Erde riechen, die Wärme der Sonne auf ihrem Fell fühlen. Das Leben beschäftigte sie so, daß ihr nicht viel Zeit blieb, dem Verlorenen nachzutrauern. Sie würde ihn nicht vergessen, aber er würde gemeinsam mit Wolfsvater in der dunklen Vergangenheit verschwinden.

Wolfsbruder war schrecklich müde. Er war viele Meilen gelaufen, und jetzt waren seine Beine so schwach, daß er glaubte, sie müßten jeden Augenblick unter ihm nachgeben. Er wollte sich hinlegen, aber nicht mitten in der offenen Ebene. Er ging rasch weiter. Hinter dem nächsten Hügel war ein klei-

ner Fluß. Er trank, und dann legte er sich im Schatten der Weiden nieder, um sich auszuruhen.
Er hatte ein Gefühl, als zerreiße es ihn innerlich. Er ließ alles zurück, was er jemals gekannt hatte, alles, was ihm wichtig war. Was seine Zukunft auch bringen mochte – er wußte, daß nichts härter oder schmerzlicher sein würde als das, was er gerade tat. Wolfsbruder versuchte, sich auf die Blätter über seinem Kopf zu konzentrieren, sich ganz vom Baum gefangennehmen zu lassen. Aber seine Tränen hinderten ihn daran. Alles verschwamm, so daß er überhaupt nichts sehen konnte. Seine Brust und seine Kehle schmerzten, so daß er an nichts anderes denken konnte als an sich selbst.
Wolfsbruder mußte wieder eingeschlafen sein, denn er konnte an der Sonne ablesen, daß es inzwischen später Nachmittag war, und ihm fiel ein, daß er lange Zeit nicht gegessen hatte. Er war nicht hungrig, nur müde und benommen.
Wenn ich verhungre, dachte er fast übermütig, brauche ich mir über nichts mehr Sorgen zu machen.
Von den Büschen aus, wo er lag, konnte er den Fluß sehen. Ein kleiner roter Panzerkrebs arbeitete sich am Grund entlang. Wolfsbruder kroch hinunter zum Ufer und griff ins Wasser. Der Panzerkrebs schoß rückwärts, viel schneller, als er sich vorwärts bewegt hatte. Er floh unter einen Stein und wühlte eine kleine Schlammwolke auf.
Wolfsbruder fing ihn, indem er ihn hinter den Scheren packte. Er tötete ihn mit einem Stein und aß ihn roh. Der Krebs war nicht sehr groß, aber nun hatte er wenigstens etwas im Magen. Er trank noch ein bißchen Wasser, und dann folgte er dem Fluß.

Wieder brach eine Nacht an, und er schlief. Er wachte einmal in der Dunkelheit auf und hörte das Heulen eines Wolfes. Er hatte seine Stimme noch nie gehört und wußte, daß er im Revier von Fremden war. Er drehte sich auf die andere Seite und schlief wieder ein.
Am Morgen fing er noch einen Panzerkrebs, und wieder machte er sich auf den Weg. Die Sonne lag auf ihm wie eine riesige Hand, so heiß, daß er sie auf seinem Körper wie ein Gewicht empfand. Vor ihm tanzten Hitzewellen und verwischten den Horizont. Manchmal konnte er nur ein oder zwei Fuß weit sehen. Die Luft schien dickflüssig zu sein, und sie flimmerte und schimmerte vor ihm. Es war, als befände er sich unter Wasser. Er bewegte ständig seine Hände vor seinem Gesicht und versuchte, die zähflüssige Masse wegzuwischen, doch vor seinem Gesicht war nichts.
Manchmal konnte er in der Ferne Hügel und grasbewachsene Ebenen sehen, so als schaue er durch eine Tür.
Sie lagen vollkommen still, jeder Grashalm war klar und deutlich zu sehen, als wäre jeder einzelne sorgfältig mit einem scharfen Messer in Stein geritzt. Es war, als hätte diese versteinerte Landschaft nie der geringste Windhauch gestreift. Sie mußte schon vor der Erschaffung der Welt existiert haben, bevor die Geister die Erde besiedelten.
Die Tür wurde breiter, sie öffnete sich vor ihm. Wolfsbruder ging stetig auf sie zu, stolperte wie auf steinernen Füßen dahin, auf das steinerne Gras zu. Und dann trat er durch die Tür nach drinnen. Überall um ihn war das Gras sehr hoch und braun. Es überragte ihn, und er war wie ein kleines Insekt, das sich im Gras bewegt. Er war der einzige, der je durch dieses

tausendjährige Ödland gegangen war, in dem das Gras so hoch wuchs wie Bäume.
Wolfsbruder zitterte bei diesem Gedanken. Was tat er hier? Welches Recht hatte er, hier entlangzustolpern und die tausendjährige Stille zu stören? Er blieb stehen, und für einen langen Augenblick war er so reglos wie das Gras selbst.
Und dann bewegte sich das Gras, zuerst nur die Spitzen. Sanft neigte es sich, als senkten die Grashalme die Köpfe, um zu lauschen.
Und dann kam etwas. Zuerst war es so weit weg, daß Wolfsbruder es kaum hören konnte; nur ein winziges Murmeln, weit weg, an der Grenze aller Laute. Es kam näher, wuchs stetig und wurde zu einem Tosen, einem mächtigen Brausen, das alle Grashalme nach unten bog, bis sie flach am Boden lagen.
Der Wind blies. Wolfsbruder schien als einziger nicht berührt zu werden von diesem gewaltigen, heulenden Sturm, der alles auf die Erde drückte, während er vorüberbrauste. Der Wind tobte um Wolfsbruder mit einem schrecklichen Klageton, aber er berührte ihn nicht.
Mit dem Wind kam die Dunkelheit. Etwas bewegte sich hinter der Dunkelheit, etwas, das er fühlen, aber nicht sehen konnte. Wolfsbruder fiel zu Boden. Er lag so dicht an die Erde gepreßt wie zuvor das Gras.
»O großer Geist!« rief er. »Hab Mitleid mit mir!«
»Wolfsbruder, ich komme, um dir zu helfen«, sagte eine Stimme. Und das Brausen brach ab.
Der Wind blies immer noch, doch jetzt blies er lautlos. Jetzt konnte Wolfsbruder fühlen, wie der Wind ihn umstrich, wie

er seine Kleidung und sein Haar bewegte. Er war stark, doch es war kein Sturm mehr. Das Gras war zu seiner normalen Größe zusammengeschrumpft und bewegte sich sanft zu Wolfsbruders Füßen.
Er hörte ein Lied. Es schien von der Erde, vom Gras, vom Himmel, von den vier Winden und aus ihm selbst zu kommen. Er hatte es noch nie gehört, und doch war es ihm so vertraut, daß er sich fragte, warum es ihm nicht selbst eingefallen war. Das Lied drückte all das aus, was er fühlte, und es sagte ihm Dinge, die er nie gewußt hatte. Es war so ungewöhnlich und wahr, daß er sofort wußte, es war nur für ihn allein bestimmt. Es würde für immer *sein* Lied sein.
Dann war es, als stünde er in der Nähe seines Dorfes. Er konnte sie alle sehen – Tante Taube, Geflecktes Pony, Viele Büffel, Schweifender Blick und alle anderen. Sie standen vor ihren Tipis. Auch Schattenfuchs war da. Er stand etwas abseits.
Der Wind kam von hinten, und Wolfsbruder fühlte dort noch etwas anderes. Er wandte sich um und sah eine große Gestalt, halb in der Dunkelheit, halb im Licht. Sie verwandelte und bewegte sich, während er sie anschaute. Manchmal schien es ein großer und edler Krieger zu sein, der ihn mit dunklen, fernen Augen anschaute, manchmal die Gestalt eines großen Wolfes. Und manchmal war es etwas vollkommen anderes. Ein Strom kam von diesem Wesen auf ihn zugeflossen. Wolfsbruder spürte, wie er stark und pulsierend seinen Körper durchströmte. Von ihm aus floß er auf die Dorfbewohner zu, und sie hoben die Hände, um ihn zu empfangen. Dann verwandelte sich der Strom. Er wechselte die Richtung und floß von den Dorfbewohnern zu Wolfsbruder hin, strömte

durch seinen Körper hindurch und zu dem Geist hinter ihm. Er spürte aus einer anderen Richtung einen Druck, und er sah, daß die Wölfe zu seiner Rechten saßen. Auch von ihnen ging ein Pulsieren aus. Alle Gefühle, die menschlichen und die wölfischen, vereinten sich zu einem großen Strom, der ihn durchfloß. Sie vermischten sich – Freude und Traurigkeit, Furcht und Trost, Bedürfnis und Erfüllung. Während die sich wandelnden Ströme ihn durchflossen, spürte er, wie ihn Kraft und Entschlossenheit erfüllten, so wie ein Gefäß sich füllt, wenn Wasser hineingegossen wird.

Wolfsbruder schaute über die Tipis hinweg und sah, daß am Horizont hinter dem Dorf Pferde und Büffelherden entlangzogen. Er hob die Hände und winkte sie zu sich. Sie wandten sich um und kamen donnernd in einer Staubwolke auf ihn zu. Er schloß die Augen, als sie ihn umringten. Er fühlte die festen Gestalten um sich herum. Doch sie streiften nur sanft seine Arme. Der Boden vibrierte von den vielen Hufen. Er roch den Schweiß und die Häute der Tiere, und der dichte Staub verstopfte seine Nasenlöcher.

Als die Tiere weg waren, öffnete Wolfsbruder die Augen. Er lag in ganz gewöhnlichem Gras am Ufer des Flusses, dem er den ganzen Tag gefolgt war. Das Wasser floß mit silbrigem Plätschern vorbei, gesprenkelt vom Schatten der Weidenblätter, die sich in einem sanften Windhauch bewegten. Ein Wolkenschleier schob sich zwischen Erde und Sonne und milderte den Druck der brennenden Strahlen.

Wolfsbruder strich mit den Händen über die Augen und setzte sich benommen auf.

Ich habe meinen Traum gehabt, dachte er voller Staunen. Ich

habe meine Vision empfangen. Aber wie konnte das geschehen? Ich habe mich nicht darauf vorbereitet. Ich bin zu jung, und ich bin noch nicht bereit.
Wolfsbruder versuchte, den Traum abzuwaschen. Er rollte sich zum Fluß hinunter und ließ sich ins Wasser fallen. Aber als er triefend naß heraus kam, war die Erinnerung an den Traum immer noch da, und sie war so klar und deutlich wie zuvor. Er hatte geträumt. Er hatte seine Vision nicht gesucht, aber sie war zu ihm gekommen. Ob er dafür bereit war oder nicht, sie gehörte ihm. Und die Botschaft war klar und deutlich.
Er machte sich auf den Weg zum Dorf zurück.

II

Wolfsbruder war noch nicht weit gegangen, als er Wolfsmutter traf, die mit der Nase auf dem Boden angetrottet kam und seine Fährte verfolgte. Er war glücklich, daß sie da war. Inzwischen war er so schwach, daß er kaum gehen konnte. Er legte sich an der Flußböschung nieder, während sie auf die Jagd ging.

Wolfsbruder war ihr dankbar, daß sie ihn liebte, daß sie ihm immer treu war. Er sagte ihr das, als sie zurückkam.

Nachdem er gegessen hatte, konnte er weitergehen. Wolfsmutter begleitete ihn, bis sie nah bei ihrem Bau waren. Dort blieb sie. Jetzt war sie zufrieden, denn sie hatte ihn dorthin zurückgebracht, wo er ihrer Meinung nach hingehörte – in ihr Revier. Wolfsbruder ging weiter und erreichte sein Dorf in der Mitte des Nachmittags. Er hörte die Lagerhunde bellen, als er näher kam.

Zwei Krieger traten heraus, um nachzusehen, wer da kam. Wolfsbruder hörte, wie sie den anderen etwas zuriefen, und schon bald hatten sich alle versammelt. Sie redeten und deuteten auf ihn. Als er sich näherte, verstummten sie.

Das alles war Wolfsbruder wohlbekannt. Sie versammelten sich, standen ihm gegenüber, sonderten sich von ihm ab. Ob sich das wohl jemals ändern würde?

Tante Taube wollte auf ihn zulaufen, aber Schweifender Blick und ein zweiter Krieger hielten sie zurück.

Schweifender Blick trat vor.

»Komm nicht näher, Wolfsbruder!« rief er. »Du bist hier nicht erwünscht.«

Wolfsbruder ging weiter auf sie zu.

»Dies ist nicht mehr dein Dorf«, fuhr Schweifender Blick fort. »Wir wollen dich hier nicht.« Seine Stimme wurde schriller, als Wolfsbruder ihn nicht beachtete.

»Geh zurück!«

Eulenfeder stellte sich neben ihn.

»Geh zurück! Geh zurück!« rief auch er.

Schweifender Blick hob einen Stein auf, und ein paar andere taten es ihm nach. Wolfsbruder betete, man möge ihn nicht mit Steinen bewerfen, bevor er eine Gelegenheit hatte zu re-

den. Seine Beine zitterten vor Furcht und vor Erschöpfung, und er war schwach, weil er so viele Tage nichts gegessen hatte. Er hoffte, daß sie seine Schwäche nicht bemerkten.
Schattenfuchs kam durch die Menge, gefolgt von Viele Büffel, Schwarzer Hirsch, Junger Büffel und Geflecktes Pony. Wolfsbruder schöpfte ein wenig Mut.
Sie halten immer noch zu mir, dachte er. Es gibt noch Hoffnung.
Junger Büffel, der Häuptling, hob die Hand, und die Leute verstummten. »Ich grüße dich, Wolfsbruder«, sagte er. »Wir haben nicht erwartet, daß du zurückkehren würdest.«
»Das habe ich auch nicht«, sagte Wolfsbruder. Seine Stimme klang schwach und kratzig und ganz und gar nicht so, wie sie in einem der wichtigsten Augenblicke seines Lebens hätte klingen müssen.
Er stand ruhig da und sammelte sich. Er rief die Erinnerung an den mächtigen Geist zurück, der vom Wind getragen weit aus der Vergangenheit gekommen war. Er erinnerte sich an die Stimme, die gesagt hatte: »Wolfsbruder, ich komme, um dir zu helfen.« Er sang einen Teil seines Liedes und fühlte, wie er von der Erde, dem Himmel, den vier Winden und aus seinem Inneren eine Antwort erhielt. Er fühlte die Macht, die ihn umgab wie ein Schutzschild. Solange dieser Geist mit ihm war, fühlte er sich seiner Sache sicher.
»Ich dachte, ich hätte das Dorf für immer verlassen«, fuhr Wolfsbruder fort. Jetzt war seine Stimme klar und fest von der Stärke, die er in sich fühlte. »Ich wollte nicht bleiben, wo ich nicht erwünscht bin, bei Menschen, die mich nicht in ihrer Gruppe aufnehmen wollten. Ich habe festgestellt, daß ich

auch nicht als Wolf leben kann, so hab ich mich entschieden, weit weg zu gehen, obwohl mein Herz nicht dabei war. Entweder würde ich einen anderen Stamm finden, oder ich würde sterben. Es war mir gleichgültig. Aber ich war noch nicht weit gegangen, da hatte ich einen Traum. Meine Vision kam zu mir, bevor ich sie suchte, bevor ich bereit war. Und der Traum befahl mir, hierher zurückzukommen.«
»Eine Vision!« Die Stimme von Schweifender Blick war zornig. »Du bist zu jung, um wichtige Träume zu haben.«
»Er lügt«, sagte Eulenfeder. Er warf seinen Stein, aber der flog an Wolfsbruders Kopf vorbei.
Die anderen rührten sich nicht. Die Vision eines jungen Mannes war so wichtig, daß sie spürten, daß selbst Wolfsbruder in dieser Hinsicht nicht lügen würde. Wenn jemand tatsächlich über seine Vision Lügen erzählte, würden ihn die Geister sicher bestrafen und als Schwindler entlarven.
Sie sahen Schattenfuchs an, der ihr Medizinmann war und der sich in diesen Dingen auskannte. Er stand etwas abseits, so wie in der Vision von Wolfsbruder.
»Es ist ungewöhnlich, daß man seinen Traum erhält, solange man noch so jung ist«, sagte der. »Aber vielleicht hast du dich vorbereitet. Vielleicht warst du dafür bereit, ohne es zu wissen. Du hast von den Menschen getrennt gelebt. Du hast vermutlich nachgedacht, gebetet und gefragt, welche Richtung du in deinem Leben einschlagen sollst. Vielleicht war die Jagd nicht gut und du hast sogar gefastet.«
Wolfsbruder nickte.
»Die Geister haben deine Not erkannt und deine Vision jetzt geschickt, wo du sie brauchst. Die Geister haben gesprochen.«

»Du bist sein Adoptivvater«, sagte Krummes Bein. »Natürlich glaubst du ihm. Wolfsbruder muß seinen Traum erzählen, damit wir beurteilen können, ob er wahr ist oder nicht.«
»Ja, erzähl uns deinen Traum«, sagte Schweifender Blick.
Wolfsbruder schüttelte den Kopf. »Ich kann den Traum nicht erzählen.«
»Dann mußt du gehen«, sagte ein anderer Krieger.
Die Leute murmelten.
»Ich werde euch einen Teil davon erzählen«, sagte Wolfsbruder. »Wenn ich bleibe, dann bringe ich euch viele Büffel und viele Pferde.«
Krummes Bein lachte rauh. »Wir haben den ganzen Sommer über kaum einen Büffel gesehen.«
»Es ist doch ganz einfach«, sagte einer der alten Männer. »Wenn er hierbleibt und uns Pferde und Büffel bringt, dann war seine Vision wahr. Wenn er hierbleibt und sie kommen nicht, dann werden wir wissen, daß es eine Lüge war.«
Die Leute nickten zustimmend.
»Aber er soll nicht im Dorf wohnen«, sagte Krummes Bein. »Es ist nicht richtig, daß er kommen und gehen kann, wie es ihm beliebt. Er gehört noch nicht zu uns. Und wenn sich seine Vision als falsch herausstellt, dann muß er das Dorf verlassen und darf nie mehr zurückkommen.«
So einigte man sich, daß Wolfsbruder bleiben durfte, aber nicht in seinem eigenen Tipi. Ein Stück von den Zelten der anderen entfernt baute er eine kleine Hütte aus Zweigen, und dort verbrachte er seine Zeit. Es war ihm nicht erlaubt, ins Dorf zu kommen, und keiner durfte zu ihm gehen, um mit ihm zu reden. Tante Taube brachte ihm zweimal am Tag

Nahrung, aber das war alles. Selbst Schattenfuchs kam nicht. Wolfsbruder verstand, daß er deshalb nicht kam, weil er versuchte, unparteiisch zu sein.
Zuerst machte es Wolfsbruder nichts aus, daß er allein war. Es tat gut, wieder nah beim Dorf zu leben. Er war damit zufrieden, daß er schlafen konnte, im Schatten sitzen und die gute Nahrung essen, die ihm Tante Taube brachte.
Tage vergingen und nichts geschah. Seine Kraft kehrte zurück, und er fing an, sich zu langweilen und unruhig zu werden. Er ging bis zum Rand des Dorfes, aber er wurde zurückgejagt. Jeden Morgen suchte er den Horizont ab und hielt nach den Pferden und den Büffeln Ausschau, die ihm der Geist versprochen hatte. Doch die Prärie blieb leer.
Er war nicht der einzige, der Ausschau hielt. Es war Herbst und Zeit für die Büffeljagd, aber es gab keine Büffel. In all den Jahren zuvor hatte es immer reichlich Büffel gegeben, aber dieses Jahr blieben sie aus.
Die Späher suchten weit und breit, aber sie kehrten zurück, ohne die großen Herden gefunden zu haben, die manchmal die Prärie verdunkelten. Ohne die Büffel würde das Dorf den Winter nicht überleben.
Im Frühling und im Sommer wurden gelegentlich Büffel getötet, doch die große Jagdzeit war im Herbst. Wenn eine Herde gesichtet wurde, brach das ganze Dorf auf – Jäger, alte Männer, Frauen, Kinder, Hunde und Pferde.
In diesen leeren Tagen voller Sorge erinnerte sich Wolfsbruder an die vergangenen Jahre, wo diese Zeit, in der man sich auf den kommenden Winter vorbereitete, voller Aufregung gewesen war. Er saß allein da und blickte zu dem stillen Dorf.

In den Jahren davor war der Herbst erfüllt gewesen von Staub, Rufen, herumwirbelnden Pferden und dem Stampfen der riesigen braunen Büffel. Jetzt fehlte dieser Tumult und diese Geschäftigkeit.

Eine bevorzugte Methode, Büffel zu jagen, nannte man *Umzingeln.* Gruppen von Jägern näherten sich der Herde von allen Seiten. Nach und nach trieben sie die Büffel zusammen. Dann brachten die Jäger die Büffel dazu, im Kreis zu laufen. Die Tiere rannten endlos im Kreis, umgeben von einem Ring schreiender und pfeilschießender Krieger. Ein Büffel nach dem anderen fiel getroffen zu Boden. Andere Krieger warteten außerhalb des Kreises, um diejenigen zu töten, die den Ring durchbrachen und zu fliehen versuchten.

Wenn die Männer so viele Büffel getötet hatten, wie sie brauchten, begannen die Frauen ihre Arbeit. Sie häuteten die Tiere und zerteilten sie. Sie bereiteten das Fleisch zum Trocknen vor, und aus den Häuten machten sie Tipis, Decken, Schilde und Kleider. Sie benutzten fast alles – das Fleisch, die Sehnen, die Haut und die Hörner. Fast nichts wurde weggeworfen.

Nur einige Büffelherzen ließen sie in den Ebenen zurück. Die Leute glaubten, die mystische Kraft dieser Herzen würde die getöteten Büffel ersetzen – die gleiche Anzahl von Büffeln würde kommen und den Platz derer einnehmen, die man getötet hatte.

Wolfsbruder ging unruhig am Dorfrand entlang. Er achtete nicht darauf, ob ihm jemand zuschaute. Was immer sie auch dachten, er konnte nicht stillsitzen. Er hatte Gisapa nicht zurückbekommen, und deshalb ging er zu Fuß und suchte nach

einem Zeichen von den Büffeln. Es schien hoffnungslos. Die berittenen Späher konnten größere Entfernungen zurücklegen und waren viel schneller als er.
Die Leute verlegten ihre Lager von einer Stelle zur anderen und folgten hoffnungsvoll den Spähern. Wolfsbruder kam hinterher. Man beachtete ihn noch weniger als die Lagerhunde. Schweifender Blick schien überall zur gleichen Zeit zu sein. Immer redete er, fuchtelte mit seinen langen, dünnen Händen, und sein Kopf ruckte hin und her, daß die Haare flogen. Es war, als hätte Schweifender Blick sein wanderndes Auge für immer auf Wolfsbruder geheftet, voller Haß und mit einem hungrigen Triumph, der jeden Tag größer wurde.
Mehrmals am Tag betete Wolfsbruder zum Geist und bat ihn, an sein Versprechen zu denken. Er brachte ihm seine ärmlichen Opfer, doch er hatte nicht viel zu geben. Der Geist antwortete nicht, und Wolfsbruder war voller Verzweiflung. Hat er mich vergessen? Habe ich etwas Falsches getan? Habe ich ihn mißverstanden?
Er sehnte sich danach, mit Schattenfuchs zu reden, aber der Medizinmann war beschäftigt. Auch er brachte Opfer und sprach Zauberformeln, um die Büffel herbeizurufen. Sicher wußte er von Wolfsbruders Not, aber er ging nicht darauf ein. Alles hängt von mir ab, dachte Wolfsbruder. Aber was kann ich tun?
Er konnte nicht schlafen, deshalb verließ er seine kleine Hütte aus Zweigen und ging hinaus in die Prärie. Er dachte daran, die Wölfe zu rufen und mit ihnen zu jagen, aber er war zu verzweifelt. Er setzte sich auf einen Stein, das Kinn in die Hände gestützt.

Es war fast Vollmond, und die welligen Hügel waren hell erleuchtet. Er hörte ein winziges Rascheln im Gras. Er wußte, daß es eine kleine Maus war, die sich vorsichtig aus ihrem Loch wagte. Der Himmel war wolkenleer – eine weite, schwach erhellte Schale, die sich über die dunklere Erde wölbte. Vereinzelte Sterne blinkten.

Wolfsbruder hörte weit in der Ferne einen Wolf heulen. Er erkannte einen Sohn von Wolfsmutter, der weggegangen war, um ein eigenes Revier zu finden.

Schwarzfuß antwortete von irgendwoher.

Wolfsbruder hörte ihnen zu. Der eine Wolf berichtete, Fremde befänden sich in seinem Revier, zweibeinige Kreaturen, die auch im Jahr zuvor dagewesen waren. Wolfsbruders Herz begann laut zu schlagen. War es möglich, daß die Räuber vom Stamm der Assiniboin zurückgekommen waren?

Er stand auf. Durch die Wölfe hatte er erfahren, wo die Fremden lagerten. Er wandte sich in die Richtung und lief die ganze Nacht über die mondbeschienene Prärie. Und es war Morgen, als er ihr Lager erreichte.

Er kannte die Stelle gut. Seine eigene Gruppe hatte in glücklicheren Zeiten dort mehr als einmal gelagert, und er und die anderen Jungen hatten jeden Zentimeter des ganzen Gebietes erforscht.

Das Lager war oberhalb eines Flusses aufgeschlagen. Vorsichtig legte Wolfsbruder sich hin und kroch so weit nach oben, bis er etwas sehen konnte. Die Fremden schienen nicht reich zu sein. Die Tipis waren klein, ärmlich und zerschlissen. Die Anpflockleine lag links, und nur dürre, halbverhungerte Pferde waren dort angebunden. Eins davon war braunweiß

gescheckt mit einem Stern auf der Stirn. Wolfsbruder erkannte es. Einst hatte es Schattenfuchs gehört. Es war eins von den Pferden, die im Vorjahr gestohlen worden waren. Jetzt waren die Räuber zurückgekehrt.
Wolfsbruder wartete still im Gras, bis die Assiniboin aufstanden. Wie ihre Tipis und ihre Pferde sahen sie dünn und hart und schäbig aus. Es waren verwegen aussehende Krieger. Selbst von dort aus, wo Wolfsbruder lag, konnte er die Narben alter Kampfverletzungen erkennen, mit denen viele von ihnen gezeichnet waren. Nur ein paar Frauen und Kinder waren dabei.
Er kroch in eine sichere Entfernung und aß dort getrocknetes Büffelfleisch, das er bei sich trug. Während er auf den zähen Streifen herumkaute, dachte er darüber nach, was er tun wollte. Es war gefährlich, aber er mußte es riskieren.
Der Geist in seiner Vision hatte versprochen, ihm zu helfen, aber Wolfsbruder war sicher, daß der Geist von ihm erwartete, daß er sich auch selbst half. Es konnte gut sein, daß er am Dorfrand sitzen würde, bis er ein alter Mann war, ohne daß ein Büffel oder ein Pferd kam. Er mußte sie selbst finden.
Er ging den Fluß hinunter und erkletterte einen steilen, felsigen Kamm auf der anderen Seite. Dann legte er den Kopf zurück und heulte. Wieder einmal bat er Wolfsmutter, Wolfsschwester und Schwarzfuß, zu ihm zu kommen. Keiner antwortete. Er war zu weit entfernt, und sie konnten ihn nicht hören.
Wolfsbruder rannte keuchend und schwitzend auf dem Kamm entlang. Er wünschte, er hätte Gisapa bei sich. Nachdem er etwa eine Meile zurückgelegt hatte, versuchte er es

noch einmal. Er war außer Atem und schnaufte, deshalb schwankte seine Stimme, und sein Ruf war verzerrt. Er wartete, bis sein Atem sich beruhigt hatte, und versuchte es noch einmal.

Diesmal antwortete Wolfsschwester von so weit her, daß er sie kaum hören konnte. Sie hatten gejagt und mußten ihren Jungen zu essen bringen, aber in der Nacht würden sie kommen. Wolfsbruder war zufrieden. Er ging den Hügel hinab, fand eine behagliche, versteckte Stelle am Fluß, rollte sich zusammen und schlief ein.

Die Nacht war schon lange angebrochen, als die Wölfe kamen. Zuerst begrüßten sie sich. Dann erklärte ihnen Wolfsbruder, was er vorhatte. Sogar für den Fall, daß sie entdeckt wurden, hatte er einen Plan.

Die Wölfe waren bereit, ihm zu helfen.

Sie mochten es nicht, wenn Fremde in ihrem Revier waren. Sie hatten mit den Leuten von Wolfsbruders Dorf einen manchmal etwas gefährdeten Frieden geschlossen, aber die Wölfe und die Menschen ließen sich gegenseitig in Ruhe. Mit Fremden war es etwas anderes. Die Wölfe wußten nicht, was die vorhatten. Sie waren in die Jagdgründe der Wölfe eingedrungen. Vielleicht würden sie eines Tages einen der Wölfe wegen seines Felles töten oder weil sie seine Zähne und seine Klauen zu Halsketten verarbeiten wollten. Wenn sie die Fremden verjagen konnten, so taten sie das nur allzu gern.

Schwarzfuß und Wolfsmutter warteten unten am Fluß, während Wolfsbruder und Wolfsschwester zum Lager der Assiniboin hinaufkrochen. Obwohl sie sicher waren, daß die Leute inzwischen schliefen, bewegten sie sich so lautlos wie

Schatten. Kein Zweig knackte, kein Blatt raschelte, während sie sich näherschlichen.

Sie hatten erwartet, daß alle in ihren Zelten waren, und deshalb überraschte es sie, als sie einen großen Schatten sahen, der sich zwischen den Tipis auf und ab bewegte. Einer der Krieger war noch auf. Mit gesenktem Kopf und die Füße nachziehend, als wäre er müde, ging er hin und her. Nach einer Weile setzte er sich und legte die Arme und den Kopf auf seine Knie, als ob er schlafen wollte. Er saß zu den Pferden gewandt und brauchte nur den Kopf zu heben und die Augen zu öffnen, um sie zu sehen.

Wolfsbruder veränderte seine Lage ein wenig, um seine verkrampften Muskeln zu entlasten. Wolfsschwester hatte den Kopf auf die Pfoten gelegt und die Augen auf den Wachposten gerichtet. Einige Minuten vergingen, und Wolfsbruder war sicher, daß der Mann eingeschlummert war. Doch dann bewegte er sich ganz plötzlich, stand auf und ging lebhaft hin und her.

Wolfsbruder fragte sich, ob er Schwarzfuß heraufkommen lassen sollte, damit er sich dem Krieger zeigte. Vielleicht würde der dann dem Wolf folgen und das Lager verlassen. Aber vielleicht würde er statt dessen auch einen Schrei ausstoßen, um die anderen zu wecken.

Wolfsbruder seufzte und schaute zu Wolfsschwester hinüber, die sich überhaupt nicht gerührt hatte. Sie war so geduldig. Er wollte versuchen, es auch zu sein.

12

Die Nacht verging langsam. Eine endlose, schwarze Minute folgte der anderen. Schließlich überfiel Wolfsbruder eine Art Betäubung, und es gelang ihm, so ruhig zu liegen wie die Wölfin neben ihm. Vielleicht dämmerte er auch etwas ein.
Es war nicht mehr so dunkel. Das Licht wurde fahl und grau. Wolfsbruder wollte keine weitere Nacht abwarten. Wahrscheinlich war dann ein anderer Wachposten an der Reihe. Der Mann setzte sich gerade wieder hin und lehnte sich ge-

gen einen Baum. Die zerschlissenen Tipis sahen im Dämmerlicht aus wie fahle, steinerne Monumente. Die angepflockten Pferde bewegten sich, als wäre ein Wind über sie hinweggegangen. Der Wachposten rührte sich nicht.
Wolfsbruder schob sich steif vorwärts. Wolfsschwester blieb, wo sie war. Wenn sie näher kroch, würde ihr Wolfsgeruch vielleicht die Pferde aufmerksam machen. Langsam und vorsichtig, seinen Körper flach an den Boden gepreßt, schob sich Wolfsbruder wie eine Schlange auf die Anpflockleine zu.
Als er sie fast erreicht hatte, sah ihn eins der Pferde. Es schnaubte und warf den Kopf zurück. Alle Pferde bewegten sich ein wenig. Das Geräusch weckte den Wachposten am Feuer. Er stand auf und ging mit der Lanze in der Hand auf die angebundenen Pferde zu. Wolfsbruder machte sich so klein und so flach wie möglich und versuchte, mit der Erde zu verschmelzen.
Der Wachposten blieb stehen und spähte mit seinen scharfen Augen in alle Richtungen. Er sah einen kleinen Höcker am Boden, den er vorher nicht gesehen hatte. Langsam ging er vorwärts und hob seine Lanze.
Wolfsbruder wußte, daß er entdeckt worden war. Er sprang auf und warf sich in das schützende Gebüsch. Der Mann stieß einen Schrei aus und rannte hinterher. Wolfsschwester schoß aus ihrem Versteck. Schnell und lautlos, wie ein grauer Geist im grauen Licht, rannte sie auf den Wachposten zu. Sie kam von der Seite, und er sah sie nicht. Sie sprang ihn mit ihrem schweren, muskulösen Körper an.
Er verlor das Gleichgewicht und fiel zu Boden. Die Lanze entglitt ihm.

Sein Schrei weckte die anderen Krieger, und sie schwärmten aus den Tipis wie Hornissen aus ihrem Nest. Sie sahen den Jungen und den Wolf den Hügel hinunterrennen. Einige rannten ihnen nach, andere schwangen sich auf die Rücken ihrer Pferde. Mit gellenden Schreien strömten sie den Hügel hinab. Der Junge und der Wolf verschwanden im Gebüsch, das am Flußufer wuchs. Einen Augenblick später kamen zwei Gestalten aus dem Gebüsch auf der anderen Seite und rannten die Böschung hinauf. Aber es waren nicht der Junge und der Wolf. Es war der gleiche hellgraue Wolf, aber an seiner Seite rannte ein zweiter, viel größerer und stärkerer Wolf. Wie zwei Schatten huschten die beiden Wölfe im Dämmerlicht auf die Hügel in der Ferne zu.
Die Krieger stürzten sich ins Wasser, das durch die Pferdehufe braun und schlammig aufgewühlt wurde. Sie jagten nach beiden Richtungen – den Fluß hinauf und den Fluß hinunter. Spurensucher rannten auf beiden Seiten am Ufer entlang und schauten nach Spuren, die aus dem Wasser herausführten. Doch war nichts zu finden außer den Spuren der beiden Wölfe. Die langgezogene Uferböschung war in beiden Richtungen zu überblicken, doch es war nichts zu sehen, nur Gras und Büsche.
Die Krieger versammelten sich in der Mitte des Flusses. Dort saßen sie schweigend und verwirrt auf ihren Pferden.
»Der Junge ist nicht hier«, sagte einer der Spurensucher. »Sonst hätten wir ihn gefunden.«
»Ein Wolf war bei ihm«, sagte ein anderer.
Der Mann, der Wache gehalten hatte, rutschte unruhig auf seinem Pferd herum. »Als ich den Jungen verfolgte, sprang

mich die Wölfin von hinten an. Sie beschützte ihn, als wäre er ihr Junges.«

Ein anderer Mann sprach. »Erinnert ihr euch an letztes Jahr, als wir hier waren und ich als Späher unterwegs war? Ich habe euch erzählt, daß ich einen Jungen gesehen habe, der mit einem Rudel Wölfe jagte. Ich hörte, wie sie sich gegenseitig anheulten, und ich konnte am Klang ihrer Stimmen nicht unterscheiden, wann es die Wölfe waren und wann es der Junge war.«

»Hier geht etwas Geheimnisvolles vor sich«, sagte ein alter Krieger. »Ein Junge und ein Wolf sind in die Büsche gerannt, und zwei Wölfe sind herausgekommen. Das bedeutet also, daß der Junge sich in einen Wolf verwandelt hat und in den Bergen verschwunden ist. Ich habe schon von solchem Zauber gehört.«

Sie schauten sich an. Die ersten Strahlen der Sonne fielen über die östlichen Hügel. Im gleichen Augenblick hörten sie ein zweimaliges, schrilles Kläffen. Als sie aufschauten, sahen sie die beiden Wölfe auf einem naheliegenden Hügelkamm sitzen. Sie hoben sich schwarz gegen den rötlichen Himmel ab. Der große Wolf warf seinen Kopf zurück und gab ein schrilles Gebell von sich, das wie Gelächter klang.

»Er lacht uns aus«, sagte einer der Krieger.

»Vielleicht kommt er heute nacht wieder und stiehlt unsere Pferde. Oder vielleicht bringt er ein großes Wolfsrudel mit, und sie töten uns alle, während wir schlafen.«

»Wir dürfen nicht zulassen, daß er sich unbemerkt anschleicht. Wir dürfen nicht zulassen, daß der Wolfsjunge uns auslacht. Ob Mensch oder Wolf – man muß ihn töten.«

Schreie ausstoßend, um sich Mut zu machen, hetzten sie ihre Pferde durch das Wasser und die Böschung hinauf. Die beiden Wölfe sahen zu, wie die Reiter durch das Tal galoppierten. Kurz bevor sie den Hügelkamm erreichten, drehten sich die Wölfe um und schlüpften auf der anderen Seite hinunter.

Als Wolfsbruder durch die Büsche und hinunter zum Fluß gestürzt war, hatten dort Schwarzfuß und Wolfsmutter am Wasser auf ihn gewartet. Schwarzfuß und Wolfsschwester waren platschend durch den Fluß gerannt und die Böschung auf der anderen Seite hinaufgeklettert. Wolfsbruder und Wolfsmutter waren an der dem Lager zugewandten Böschung entlang flußaufwärts gewatet.

Dort wurde das Wasser bald tiefer, und die beiden mußten schwimmen.

Einen Augenblick später waren sie an einer Stelle, die sich äußerlich durch nichts von der Umgebung abhob. Und doch gab es einen Unterschied.

Wolfsbruder und Wolfsmutter stießen gegen das lange, grobe Gras, das über das Wasser herabhing. Die dicken, faserigen Halme teilten sich raschelnd. Wolfsbruder und Wolfsmutter schlüpften hindurch und befanden sich in einer niedrigen, dunklen Höhle. Wolfsbruder berührte mit dem Kopf fast die Erde über sich, als er sich auf dem geneigten Grund des Flusses hinkauerte. Das Wasser schwappte um sein Kinn, aber er konnte noch atmen. Er hatte diese geheime Stelle vor langer Zeit entdeckt, als er mit den anderen Jungen aus dem Dorf Verstecken gespielt hatte.

Er legte den Arm um den Hals von Wolfsmutter, und sie schmiegten sich eng aneinander. Sie atmeten kaum. Füße stampften über ihnen auf und ab. Es waren die Pferdediebe, die das Flußufer nach ihnen absuchten. Durch das Grasgitter sahen Wolfsbruder und Wolfsmutter undeutlich die Pferde und die nackten braunen Beine der darauf reitenden Männer. Das schlammige Wasser schwappte auf und ab und bedeckte manchmal für einen Augenblick ihre Nasen.

Sie hörten die Stimmen der Männer, die sich unterhielten, dann das Kläffen der Wölfe auf dem Hügelkamm. Die Reiter stießen Schreie aus und nahmen die Verfolgung auf. Ein letzter Schwall von schlammigem Wasser schlug über Wolfsbruders Nase, und dann beruhigte es sich wieder. Alles war still.

Die beiden warteten noch ein bißchen. Minuten vergingen, und dann streckte Wolfsmutter vorsichtig ihre Nase durch das Gras und schnupperte. Gefolgt von Wolfsbruder schlüpfte sie hinaus.

Leise krochen sie die Böschung hinauf, und dicht an den Boden gepreßt schlängelten sie sich auf das Lager zu. Durch das Gefälle des Hügels zum Fluß hinunter waren sie von den Tipis her die meiste Zeit über nicht zu sehen. Sie lugten durch hohes Gras und sahen ganz in der Nähe die Anpflockleine und die Rücken der Pferde.

Drei Frauen machten sich im Lager über Kochfeuern zu schaffen. Der Rauch stieg senkrecht in zitternden Fäden, die aussahen wie dicke Bastseile, nach oben. Zwei Jungen, etwa im gleichen Alter wie Wolfsbruder, rauften hinter einem Feuer. Sonst war niemand zu sehen.

Wolfsbruder gab Wolfsmutter ein Zeichen zu bleiben, wo sie war, und kroch dann auf die Anpflockleine zu. Ihm am nächsten war der braunweiße Schecke namens Stern angebunden. Er hörte Wolfsbruder kommen, wandte ihm den Kopf zu und stellte neugierig die Ohren auf. Wolfsbruder lag still und stieß dann den leisen Pfiff aus, mit dem Schattenfuchs immer seine Pferde rief. Stern wieherte leise und stampfte mit dem Fuß. Wolfsbruder stand auf und streichelte das Pferd. Stern schien sich zu freuen, ihn wiederzusehen. Sein einstmals glänzendes Fell war rauh und struppig, und die Knochen stachen durch seine Haut. An der Seite und an der Schulter war er gezeichnet, als ob er geschlagen worden wäre. Von den Räubern war er längst nicht so gut behandelt worden wie früher von Schattenfuchs.
Wolfsbruder ging rasch an der Leine entlang und befreite die Pferde. Er hatte gerade das letzte losgebunden, als einer der Jungen zu ihm hersah und einen Schrei ausstieß.
Wolfsbruder rannte zurück zu Stern, der immer noch angebunden war. Beide Jungen und die Frauen schrien und deuteten auf ihn. Aus einem Tipi kamen zwei Krieger gestürzt. Also waren doch nicht alle unterwegs. Beide hoben ihre Lanzen und liefen auf Wolfsbruder zu.
Der löste den Lederriemen, packte die lange Pferdemähne mit einer Hand und schwang ein Bein über den Pferderücken. Schon saß er rittlings oben, die Knie fest in die Rippen des Pferdes gepreßt.
Wolfsmutter kam knurrend und kläffend aus den Büschen gestürzt. Sie jagte auf die Pferde zu, die wirbelten herum und stürmten zum Fluß hinab. Stern machte einen Satz und ga-

loppierte hinter ihnen her. Die Krieger warfen ihre Lanzen. Eine verfehlte knapp Wolfsbruders Kopf, doch der hatte sich tief über den Rücken seines Pferdes gebeugt. Die andere schlug dicht neben ihm in den Boden. Das Pferd donnerte mit Wolfsbruder auf dem Rücken den Hügel hinunter und warf sich ins Wasser.

Als sie auf der anderen Seite die Böschung hinaufkletterten, sah Wolfsbruder, daß die Assiniboin vor ihren Zelten standen und ihm in hilfloser Wut nachstarrten. Wolfsbruder warf den Kopf zurück und lachte. Ohne Pferde würden sie ihn nie einholen.

Die Pferde galoppierten am Fluß entlang, und zwar nicht auf Wolfsbruders Dorf zu, sondern in die entgegengesetzte Richtung. Stern folgte ihnen. Auch Wolfsmutter lief eine Weile mit, doch dann blieb sie stehen und heulte kurz auf.

Wolfsbruder brauchte sie nicht mehr, deshalb ging sie jetzt nach Hause zu ihrem Bau.

Wolfsbruder bellte zum Abschied. Er würde sie bald wiedersehen.

Jetzt mußte er die Pferde einfangen und sie in die richtige Richtung lenken. Mit fliegender Mähne und fliegendem Schweif rasten sie dahin, wild und aufgeregt, weil sie frei rennen durften. Endlich gelang es Wolfsbruder, das Leitpferd zu überholen und es in die Richtung auf das Lakota-Dorf zu treiben.

Vor ihnen erhob sich ein Hügelkamm. Die Pferde wurden langsamer, sie schwitzten in der warmen Herbstsonne. Oben blieben sie stehen, um sich auszuruhen.

Wolfsbruder schaute nach Nordwesten. Ein Falke segelte

über sie hinweg; sein durchdringender Schrei zerschnitt dünn und einsam die Luft. Zu Füßen des Hügels bewegte sich das lange Präriegras wie Wasser im Wind.
Und noch etwas bewegte sich dort, dunkel und schwerfällig, riesige Gestalten, die aus dieser Entfernung aussahen wie große Steine. Büffel! Hunderte von Büffeln übersäten die Prärie und fraßen friedlich das hohe Gras. Die Büffel waren gekommen.

Wolfsbruder stieß Stern die Fersen in die Rippen und trieb die anderen Pferde heimwärts.
Das Dorf war meilenweit entfernt, und alle Pferde waren schweißbedeckt, als sie ins Dorf galoppierten. Die Leute hatten sie kommen hören und erwarteten sie. Stern blieb mit einem Ruck stehen, und in dem Augenblick der Stille schaute Wolfsbruder auf seine Leute hinunter. Bevor er sprach, wartete er ab, was sie zu sagen hatten.
»Er hat unsere Pferde zurückgebracht«, sagte Viele Büffel.
Wolfsbruder schaute Schattenfuchs an und sah, daß er lächelte. In seinen Augen lag Stolz, als er sagte: »Mein Sohn hat seinen Leuten die Pferde zurückgebracht. Seine Vision war wahr.«
Später würde Wolfsbruder ihnen von den Räubern erzählen, die nun, wo die meisten ihrer Pferde weg waren, fast hilflos sein mußten. Doch jetzt gab es Wichtigeres.
»Ich bringe mehr als nur Pferde«, sagte Wolfsbruder. »Die Büffel sind gekommen. Ich kann euch zeigen, wo sie sind.«
Ein einziger Schrei stieg aus dem Dorf auf. »Zeig uns, wo sie

sind!« riefen die Jäger. »Führ uns zu den Büffeln! Wolfsbruder wird uns zu den Büffeln führen!«
Sie streckten die Hände aus, um ihn zu berühren, sie lobten ihn, dankten ihm für die Pferde und die Büffel.
Sie umringten ihn, nahmen ihn in ihre Mitte. Zum ersten Mal wurde Wolfsbruder in das Herz des Dorfes aufgenommen. Er wurde so akzeptiert, wie er es sich immer gewünscht hatte. Über die Köpfe der anderen hinweg sah er Schweifender Blick allein dastehen. Er sah dünn und eingefallen aus, wie ein alter Mann und nicht wie ein fünfzehnjähriger Junge. Er zuckte zusammen und senkte den Kopf, als ihn Wolfsbruders Blick traf.
Schweifender Blick, ich habe dich für immer geschlagen, dachte Wolfsbruder. Und doch tust du mir leid. Du wirst kein leichtes Leben haben. Und obwohl du mein Feind warst, will ich doch deiner nicht sein. Vielleicht wirst du das eines Tages merken. Oder vielleicht auch nicht. Keiner kann jeden zum Freund haben.
Geflecktes Pony kam auf Wolfsbruder zu. Er brachte Gisapa, damit Wolfsbruder für den Ritt zu den Büffeln ein frisches Pferd hatte. Wolfsbruder lächelte und legte die Hand auf seine Schulter. Geflecktes Pony war sein Freund, ein Freund, der ihn nie im Stich gelassen hatte. Er war Ausgleich für den Feind. Wolfsbruder wußte, daß es keine Rolle mehr spielte, daß seine Herkunft ein Geheimnis bleiben würde. Nach all dem, was er heute getan hatte, konnte keiner mehr sagen, er sei eine schlechte Medizin für die Gruppe.
Aber genauso wichtig wie das, was die Gruppe von ihm hielt, war, was er selbst von sich hielt. Er wußte, wer er war. Er war

Wolfsbruder vom Stamm der Lakota, Sohn des Schattenfuchs und Bruder der Wölfe. Er würde seine eigene Geschichte machen, und in späteren Jahren würden die Großväter sie den Kindern am Lagerfeuer erzählen.
Seine Geschichte hatte schon begonnen.

Angelika Kutsch

»Rosen, Tulpen, Nelken . . .«

Eigentlich könnte ich doch zufrieden sein, denkt Andrea. Wenn nur Karin nicht wäre, ihre beste Freundin, die aufs Gymnasium geht und die im letzten Jahr immer wieder gepredigt hat, Andrea müsse ihr Leben selbst in die Hand nehmen. Viel ist geschehen in diesem einen Jahr. Andrea hat die Realschule ohne Abschluß verlassen, eine Lehrstelle gab es nicht mehr, und die Stelle im Kaffeeladen schnappte ihr eine andere vor der Nase weg. Aber da ist ja noch Bernd, der Lehrling von nebenan, Andreas erste Liebe. Sie wird Bernd heiraten. Eigentlich könnte sie doch zufrieden sein . . .

Die unsentimentale Geschichte eines Mädchens, das aus Sehnsucht nach Geborgenheit in die passive Rolle der Frau zurückfällt. Aber auch die Geschichte einer zerbröckelnden Freundschaft.

CECILIE DRESSLER VERLAG · HAMBURG